이젠,
함께 쓰기다

나를 발견하는, 글쓰기 모임 사용 설명서

이젠,
함께 쓰기다

◉ 김민영·최진우·한창욱·김은영·윤서윤 지음 ◉

북바이북

언제쯤 마감에서 자유로워질까. 마감이 없으면 심심하고, 마감에 쫓기는 인생은 피곤하다. 누군가 "글 좀 써주세요"라고 했으면 싶다가도, 막상 청탁이 들어오면 도망가고 싶다. 써 달라는 이도, 써야 할 일도, 특별한 마감도 없이 자유롭게 꾸준히 쓸 수 있다면 얼마나 좋을까. 매일 일정한 분량의 원고를 쓴다는 유명 작가 몇 명을 제외하면, 어림도 없는 일이다. 매일 꾸준히 쓴다는 것은 판타지일 뿐이다. 숭례문학당에서 '함께 쓰기'를 시작한 이유도 마감이 필요해서였다.

혼자 읽기 어려운 책을 함께 읽고 정리하는 '서평독토', 매일 짧은 글이라도 써보는 '100일 글쓰기', 같은 영화를 보고 함께 정리해보는 '영화 리뷰 쓰기', 다양한 칼럼을 읽고 정리하는 '요약 글쓰기', 까마득한 소설 쓰기의 꿈을 실현하는 '작가 수업', 속풀이 특효약 '이야기하기 위해 살다' 모두 함께 마감을 치르는 놀이터였다. 이 모임들은 비판보단 격려를, 조언보단 경청을, 비교보단 만족을 지향했다. 어쨌거나 써야 했기에, 쓰면 됐기에, 쓰고 싶었기에 위로와 격려가 필요했다. 그렇게 응원받아도 첫 문장 쓰기부터 어려운 것이 글쓰기란 사실에 공감하며 변함없이 듣고, 격려했다.

글쓰기 독선생도, 매운 첨삭도 없었지만 모두 성장했다. 글쓰기에 대한 공포로 한 문장도 못 쓰던 회원이 A4용지 2장을 꽉 채우는 걸 보며 함께 쓰기의 힘을 느꼈다. 모임을 이끄는 리더들은 모두 '잘 쓸 필요 없다', '잘 쓸 수도 없다', '써 오기만 하면 칭찬을 받을 수 있다'며 격려했다. 못난 글이라도 쓰기만 하면, 열심히 들어주고 칭찬해 주는 동료들이 있었다. 그렇게 많은 이들이 빨간 펜 첨삭의 트라우마에서 벗어났다. 글쓰기의 즐거움에 눈 뜨고, 매일 쓰고 싶어졌다. 글 까짓것 안 써도 되는 삶이, 글 쓰고 싶은 삶으로 바뀐 것이다.

한 주부는 혼자 500일 넘게 '매일 쓰기'를 실천하고 있다. 하루 10분, 20분이지만 자기만을 위한 시간. 자신과 대화하는 짬이 생겨 좋다고 했다. 보이기 위한 글이 아닌, 스스로를 위한 글을 쓰다 보니 스트레스가 줄고, 삶의 만족도도 올라갔다. 시작은 '100일 함께 쓰기'였다.

책과 멀기만 했던, 무력한 직장인이 서평 모임에 참여하며 달라진 일도 있다. 책 읽을 의욕조차 남지 않는 피곤한 일상의 반복을 반복하던 그는 함께 읽고, 쓰는 서평 모임에서 다시 태어났다. 유년 시절, 책 읽기를 좋아하던 자신의 모습을 되찾았다. 술자리, 골프 모임, TV와 작별하니 서점과 도서관이 보였다. 막연하지만, 책 한권 써보고 싶다는 꿈도 가지게 되었다.

이 책은 '책 읽는 모임은 많은데, 왜 글쓰기 모임은 적을까'라는 물음에서 출발했다. 읽기에서 그치지 않고, 쓰기까지 나아갔던 이들의 열정을 오롯이 담았다. 글쓰기를 시작하려 한다면, 혼자 쓰다 멈췄다면, 더 나아가지 못하고 있다면 함께 쓰기 현장으로 나서보자.

독서공동체 숭례문학당의 큰 축인 쓰기 모임 여정을 묶어 낼 수 있어 기쁘다. 전국 곳곳에 함께 쓰기 열풍이 일기를 간절히 바란다. 그리하여 우리 모두의 이야기, 역사가 기록되기를. 함께 뛴 공저자 모두에게 감사드리며. 이젠, 함께 쓰다.

2016년 9월
저자 대표 김민영

차 례

CHAPTER 2 다양한 글쓰기 모임과 운영 노하우

CHAPTER 1
함께 쓰면 힘이 세다

1장

왜 함께 쓰기인가?

김민영

함께 쓰기로
얻을 수 있는 것들

글쓰기 초보자에게 '독자'는 약이 될 수도, 독이 될 수도 있다. 아마추어 블로거 시절, 나는 글을 잘 쓴다는 착각에 사로잡혀 있었다. 댓글 때문이었다. 감정 과잉의 내 서평에 독자들은 열렬히 답했고, 그럴수록 더 글을 쓰고 싶었다. '나는 글을 잘 쓴다'는 생각에 몇 시간이고 컴퓨터 앞에 앉아 있곤 했다. "너무 좋아요." "기다려집니다." "드라마보다 님 리뷰가 더 재밌어요." 댓글 수가 늘어나는 만큼 내 우월감도 부풀어 올랐다. 독자는 내게 글을 계속 쓰게 하는 동력이요, 약이었다. 하지만 문제는 객관성이었다. 부정적 반응도, 조언자도 없었기에 내 글의 문제점이 무엇인지 몰랐던 것이다.

이후 나는 기자가 되었고, 불특정 다수에게 쉽게 잘 읽히는 글을 써야 하는 문제에 부딪혔다. 내 글을 읽은 편집장은 칼 같은 비판을 가했다. "같은 말이 반복된다" "앞뒤가 안 맞는다" "주어와 서술어가 호응이 안 된다"와 같은 지적이 날아왔다. 태어나 처음 맞은 빨간 펜 폭격이었다. 그제야 나는 무비판적 독자가 때론 독이 될 수도 있다는 사실을 깨달았다. 객관적 의견을 받은 적이 없는 수년간, 나는 나르시시즘에 빠져 그저 쓰는 데만 몰두했을 뿐, '글이 잘 읽히는지 않은지'에 대해서는 생각조차 하지 못했다. 이를테면 편집장은 태어나 처음 만난 객관적 독자였던 것이다.

오래된 습관을 고치기란 참으로 어려운 일이다. 같은 지적을 받아도, 비슷한 실수를 계속했다. 새로 태어나야겠다, 라는 각오로 글쓰기에 매달렸다. 틈만 나면 도서관을 찾아, 고시생처럼 글과 씨름했다. 내가 쓴 글, 편집장이 고친 글을 비교하며 오류를 정리·분류하고 체크리스트를 만들었다. 지적받은 부분을 반복해서 읽고, 고치며 잘 읽히는 글을 쓰려 애썼다. 그렇게 보낸 시간이 꼬박 1년. 지적이 줄고, 잘 읽힌다는 말도 가끔 들으면서 그렇게 내 맨 얼굴과 치열하게 마주했다.

이 시기를 거치며, '혼자 글쓰기'의 폐해를 절감했다. '나'라는 동굴 안에 틀어박혀, 타인의 반응에 취해 쓴 글이야말로 자기도취의 산물임을 깨달았다. 그래서 동료를 찾아 나섰다. 나의 맨 얼굴을 봐줄 수 있는, 칭찬이든 비판이든 가감 없이 해줄 수 있는 동료가 필요했다. 그렇게 학습 모임이란 걸 시작했다. 작게는 4~5명, 크게는 70명 단위의 여러 학습 모임을 만들고 운영하며 서서히 나만의 동굴 밖으로 걸어 나왔다. 독서 토론, 영화 토론, 영화 리뷰 쓰기, 서평 쓰기, 자유 글쓰기 등 여러 종류의 모임을 구성했다. 다행히 각 모임에 참여한 사람 대부분이 '함께 쓰기'로 변화하고 성장했다.

가장 큰 수혜자는 나였다. 함께 쓰자는 약속 덕분에 많은 글을 치열하게 썼다. 지칠 때 받은 격려는 글을 쓰는 에너지로, 기울어질 때 받은 비판은 다음을 위한 발판으로 삼아 스스로를 성장시켰다. 함께 쓰기는 혼자 쓰기의 여러 한계를 넘는 '비등점' 역할을 했다.

첫 번째 비등점을 꼽으라면 단연 완성도다. 누군가와 글을 함께 읽고, 의견을 듣는 과정은 자연스레 글을 '더 잘 쓰게' 만들었다. 여기서 잘 쓴다는 말은 기술적인 면이 아니다. 한 번이라도 더 고치는 습관, 즉 퇴고하는 습관이 몸에 밴다는 뜻이다. 워드프로세서로 작성한 글은 컴퓨터 모니터로만 쭉 훑어보고 말기 마련이다. 그러나 모임에 가져가는 글이라면 임하는 태도가 달라진다. 다시 읽어보고, 출력해서 고치고, 소리 내 읽어보기까지 한다. 마지막 퇴고 관문인 '낭독'에 이르기도 한다. 자연스레 완성도가 올라갈 수밖에 없다. 읽어주고, 들어주는 이 동료라는 존재만으로도 글을 잘 쓰게 된다.

두 번째 비등점은 완결성이다. 누군가는 첫 문장 쓰기가 어렵다고 호소한다. 하지만 마무리도 쉬운 일은 아니다. 그렇다 보니 그냥 끼적이다 마는 글이 대부분이다. 글쓰기 내공이 쌓인 사람, 숙련자라면 보는 이가 없어도 글을 잘 맺겠지만 초보자에겐 쉬운 일이 아니다. 다시 강조하고 싶은 말이 있어도 마무리가 어렵다. 마침표를 찍어도 후련하지 않다. 이처럼 홀로 쓰다 보면 만족스러운 마무리에 도달하지 못할 때가 많다. 그래서 함께 쓰기가 필요하다. 마무리되지 않은 글은 모임에 가져가기 어렵다. 사람들 앞에서 발표할 글인데, 쓰다 만 상태라면 곤란하기 때문이다. 함께 쓰다 보면 나도 모르게 글을 마치는, 마침표를 찍는 습관이 생긴다.

세 번째 비등점은 글 쓰는 습관이다. 글은 꾸준히, 규칙적으로 써야 실력이 는다는 걸 알면서도 실천하기는 쉽지 않다. 봐주는 이도, 함께 쓰는 이도 없는데 힘겨운 글쓰기를 지속적으로 할 이가 몇이나 될까. 이럴 때 "함께 쓰자"는 약속은 습관을 기르는 마중물이 된다.

최근 스페인 여행을 다녀왔다. 스페인을 거쳐 포르투갈까지 다녀오는 6박 9일의 여정이었다. 이 여행을 마음속에 간직하려면 기록만이 답이란 생각으로 현장에선 메모를, 숙소에선 여행기에 도전했다. 쏟아지는 잠을 이기며 글을 써야 할 '명목'이 내겐 없었다. 결국 9일간의 여정은 여전히 수첩 속 메모에 갇혀 있다. 만약, 함께 쓰자라는 약속이 있었다면 달랐을 것이다. 내 글을 기다려주는 누군가가 있었다면 더 열심히 듣고, 어떻게든 여행기를 마무리 짓지 않았을까. 너무 수동적인 거 아니냐고 되물어도 어쩔 수 없다. 언제든 자기와 타협해버리는 나약한 인간에게 필요한 건 '약속'이란 사실을 어찌 부정하겠나.

마지막 비등점은 바로 자신감이다. 자기 검열과 비판, 매너리즘에 빠지다 보면 글을 쓸 의욕을 잃게 된다. 장기적 동굴 글쓰기의 결과다. 이때, 동굴 밖으로 걸어 나오려면 최소한의 자신감이 필요하다. 아무리 격려하는 모임이라 해도 누군가의 의견을 듣기란 두려운 일이다. 칭찬 앞에서 오히려 더 부끄러워질 때도 있다. 혹은 "이 부분은 이렇게 고치면 어때요?"라는 자신이 미처 생각지 못한 의견에 위축될 수도 있다. 동굴 밖으로 나오는 것 자체가 1차 자신감 훈련이다.

모임 초보자라서 타인의 시선이 의식된다면 격려와 칭찬이 주를 이루는 자리부터 참여하는 것도 방법이다. 내가 인식하지 못한 나의 장점을 발견할 수 있다. 내 눈엔 보이지 않았던 부분, 힘겹게 마무리했던 문장에 대한 칭찬으로 모임에선 사람도 눈도 못 마주치고 부끄러워하겠지만, 집으로 돌아가는 길엔 뿌듯함이 밀려올 것이다. 내 글을 정성스레 읽어준 사람, 장점을 발견해준 이에 대한 감사로 행복감이 밀려올 것이다. 그리고 조금씩 자신감이 생길 것이다.

혹여 누가 내 글을 볼까 두려움에 떨고 있다면, 함께 쓰기 광장으로 나와보시라. 이전까지는 망설였던 표현도 자신감 있게 꺼낼 수 있을 것이다. 글쓰기의 부담에서 서서히 자유로워질 것이다. 혼자 쓰기의 한계를 극복하는 힘! 함께 쓰기 참여자 모두에게 주어지는 선물이다.

마감이
글을 쓰게 한다

　　글 쓰는 이에게 마감은 약속이자 족쇄다. 어떤 마감이냐에 따라 다르겠지만, 쓰는 이의 발전을 돕는 약속이자 자유를 억압하는 족쇄라는 사실엔 이견이 있을 수 없다. 마감의 종류는 크게 두 가지로, 스스로 정한 비공개 마감과 타인과 맺은 공개 마감이 있다.

　　비공개 마감은 구속력이 약해 부담이 덜하다는 장점이 있지만, 어길 확률이 높다는 단점도 있다. 반면 공개 마감은 "난 언제까지, 몇 장의 글을 쓰겠어"라는 발표를 하는 즉시, 나와 타인 모두에게 암묵적 효력이 발생한다. 이를 지켰을 시엔 큰 성취감을 느낄 수 있지만, 어길 땐 자책감은 물론 신뢰에 금이 갈 수도 있다. 이런 경우라면 비공개 마감을 택하는 것도 방법이다. 공개적으로 선포하지도, 누군가와 약속하지도 않지만 스스로 다짐하고 실천해보는 것이다. 실패하더라도, 시행착오를 겪더라도 도전해볼 일이다.

　　함께 공부하는 김수환 씨는 비공개 마감을 경험하며, 많은 것을

22

얻었다. 그는 100일간 함께 글을 쓰는 모임이 끝난 뒤에도, 350여 일간 홀로 글을 쓰고 있다. 단상, 후기, 서평, 발췌 등 다양한 글을 블로그에 올린다. 누군가와 한 강제적 약속이 아닌, 스스로 선택한 길이요 실천이다. 남다른 의지와 근성으로 매일 글을 쓰는 그는 많은 의지박약자들의 롤모델이 됐다.

폴란드 사회학자 지그문트 바우만 또한 대표적인 비공개 마감의 달인이다. 그는 에세이 『이것은 일기가 아니다』에서 스스로를 '글쓰기 광'이라 밝히며 이와 같이 고백한다.

> 내가 선천적 혹은 후천적인 '글쓰기 광'이 아닐까 생각해본다. '하루 복용량'과도 같이 매일 써야 할 글의 양이 있고 이를 채우지 못할 경우 극심한 고통과 고뇌에 빠지는 그런 중독자 말이다. 이는 내게 있어 어쩔 수 없는 일이다. 그리고 아마도 이것이 이 글을 쓰기 시작하는 가장 근본적인 이유일 것이다. 글쓰기에 중독된 나는 사유를 찾고자 하는 것을 피할 수 없다. 이는 절박하며 끝이 없는 과정이다.
>
> 글을 써야 할 많은 이유와 원인이 있지만 그것이 정말 내가 글을 쓰고자 하는 이유는 아닐 것이다. 그리고 내 생각에 이런 이유들은 매일 계속 늘어날 것이다. 지금 이 순간 가장 중요한 것은 내 머릿속에 지나치게 오랫동안 머무르던 생각과 감정을 모두 모으는 것이다. 내게 의무로서 남겨진 생각들은 이미 모두 글로 옮겼다.
>
> ─『이것은 일기가 아니다』, 지그문트 바우만 지음, 이택광 외 옮김, 자음과모음, 2013

이처럼 글쓰기를 좋아하는 이가 있을까 싶을 정도로 강렬한 서문이다. 그의 고백은 치열한 실천으로 이어져 『고독을 잃어버린 시간』(동녘, 2012), 『사회학의 쓸모』(서해문집, 2015), 『도덕불감증』(책읽는수요일, 2015) 등의 수작으로 기록되었다. 물론, 글쓰기 광의 자기고백과 성찰을 보편적 경우라 보면 곤란하다. 다수는 단 10일조차 이어쓰기 힘들어하는 게 현실이다. "뭘 써야 할지 모르겠어요" "쓸 말이 없어요"라고 호소하며 매일 쓰기를 버거워한다. 수시로 자신과 타협해버리고, 스스로 정한 마감을 어기며 자책과 무기력에 시달린다.

이럴 때, 공개 마감이 필요하다. 언제까지, 어느 정도의 분량을, 어떤 방향으로 쓰자라는 누군가와의 약속이 바로 공개 마감이다. 이때 상대는 1인 이상이면 된다. 일대일로 맺은 약속의 예로 편집자와 저자의 관계를 들 수 있다. 대략적인 출간일을 협의한 후, 저자는 언제까지 초고를 넘길 것인지 약속해야 한다. 보통 편집자는 "언제까지 가능하실까요?"라고 묻거나, "이때까지 어떠세요?"라며 마감 날짜를 제안한다. 이때 수락하느냐, 하지 않느냐는 저자의 권리다. 자신의 상황에 따라 일정을 조정하기도 한다. 어떤 면에서 보면, 일정을 두고 '밀당'을 하는 건 저자와 편집자의 숙명이라 할 수 있다.

이렇게 마감일이 협의된 순간, 저자의 마음은 바빠지기 시작한다. 글이 술술 잘 풀리면 다행이나, 머리를 쥐어뜯어도 한 줄도 안 써지는 날엔 초조해지기 마련이다. 마감일이 다가오면 다가올수록, 일정을 연기하고 싶은 욕구가 솟구쳐 오른다. 그럼에도 쉽게 연기하자는 말을 하진 않는다. 일단 약속을 지키기 위해 최선을 다해보자는 심정으로 글쓰기에 매달린다. 하지만 대부분 약속은 지켜지지 않는다. 한 편집자에 따르면 1년 안에 받기로 한 원고가 5년 만에 입고된 경우도 있다고 한다. 그 사이 저자는 마감이라는 족쇄에서 결코 자유롭지 못했을 것이다. 그럼에도 책이 나오게 된 것 또한 마감 덕이니, 마감은 족쇄인 동시에 거룩한 약속이기도 하다.

2인 이상이 약속하는 공개 마감의 경우로는 글쓰기 모임이 있다. 운영자와 회원들 간의 협의를 통해, 마감일과 분량 방향을 함께 정해 글을 쓰는 모임이다. 이러한 모임에서 마감은 다수의 일정에 영향을 미친다. 특별한 상황이 아닌 이상 좀처럼 연기나 취소되지 않는 강력한 약속으로, 회원 모두가 이를 실천하며 함께 성장한다.

글쓰기 모임에서 마감이란, 때로 참여자들의 연대감을 강화시키는 '약속의 수로'라 할 수 있다. SNS, 오프라인 만남을 통해 서로 이야기를 나누며 서로를 격려한다. "저는 아직 시작도 못했어요" "저도 몇 줄만 끄적였지, 본론은 건드리지도 못했어요" "전 생각만 하고 있어요"라며 서로의 불안에 공감하기도 하고 "엉망이라도 마침표 찍으니 후련해요" "저도요 발로 쓴 글이지만 다 쓰고 나니 너무 좋네요" "몇 년 만에 글 써봐요" "끝까지 써본 건 몇 달 만이에요"라며 만족감을 나누기도 한다. 이 과정을 보다 세심히 정리하면 다음과 같이 구분할 수 있다.

글쓰기 모임의 마감 과정과 심리적 변화

단계별	과정	감정 상태
1단계	마감 준비	막막함
2단계	마감 진입	답답함과 설렘
3단계	마감 진행	몰입
4단계	마감 마무리	초조함(시간에 쫓김)
5단계	마감 후	만족감

모임마다, 상황마다 다르지만 대부분은 유사한 과정을 거쳐 회원끼리 교류하고 연대한다. 자신이 겪는 어려움을 누군가 공감하고, 다른 이 또한 노력하고 있다는 사실은 서로에게 격려와 동기가 된다. 마감이란 비공개 마감에서 공개 마감까지 그 상황과 형태에 따라 다르다. 그러나 글 쓰는 이들이 어떤 상황에 있든 마감은 글 쓰는 모든 이를 고무시키고 독려한다.

마감은 글 쓰는 모든 이의 뮤즈다. 마감이라는 목표 지점을 고민하고, 상상하다 보면 전에 없던 영감이 떠오른다. 잠재력이 불거지는 것 또한 중요한 성취다. 그러니 글 쓰는 이 모두에게 권한다. 보다 많은 마감에 임하라. 지키지 못하면 어쩌나 걱정하기 전에, 지켜야 할 약속이 있다는 사실에 감사하라. 밤을 새서라도, 비록 부끄러운 초고라도 마감을 지키는 순간 당신은 세상의 모든 걸 얻은 듯한 성취감을 얻을 것이다.

독자 없는 글쓰기는 위험하다

　　함께 쓰기에서 독자는 세 가지 위치에 놓인다. 첫째 필자, 둘째 관찰자, 셋째 독자다. 자신의 글을 발표할 땐 필자, 함께 글을 읽을 땐 관찰자, 다른 글에 의견을 줄 땐 독자가 된다. 이 과정을 거치면서 쓰기 실력, 듣기 능력, 발표력도 점차 향상된다. 상황에 따라, 사람에 따라 좋아지는 부분이 다를 뿐 참여 횟수가 누적될수록 각 영역이 모두 좋아짐을 체감한다. 특히, 독자 없는 글쓰기, 즉 개인 기록에 그쳤던 사람일수록 함께 쓰기 효과를 크게 느낀다.

　　그림책 편집자 김영아 씨도 글쓰기 모임에 참여하며 큰 변화를 겪었다. 그녀는 오랜 시간 글쓰기로 고통받았다. 다른 이의 글을 읽고, 수정하는 데에는 익숙했지만 자신의 글쓰기엔 늘 주저했다. 그녀에게 새 책이 나올 때마다 써야 하는 '보도 자료'는 늘 피하고 싶은 숙제였다. 영아 씨가 쓰는 보도 자료는 바로 편집장(팀장)에게 검수를 받게 되는데, 그때마다 "다시 쓰라"는 말이 돌아왔다. 신입일 땐 경험이 부족하다라는 생각으로 스스로를 위로했지만, 연차가 쌓여도 글 쓰기 실력이 늘지 않자 위축감이 들었다. 각 온라인 서점에 책 소개 자료로 올라가는 보도 자료는 그 책의 성격, 특징, 장점을 한눈에 알려주는 '책의 얼굴'이다. 소심한 영아 씨는 보도 자료를 쓸 때마다 자신의 글이 책의 운명을 결정짓는다는 생각에 점점 위축되었다.

그러다 영아 씨는 한 글쓰기 모임을 찾았다. 태어나 처음으로 참여하는 학습 모임이기에 긴장과 설렘으로 나섰지만 현장에 도착하자 긴장감이 더해 입이 바싹 타들어갔다. 평소 글을 못 쓴다는 생각에 한껏 주눅이 들어 다른 사람들 사이에서 형편없어 보일까봐 두려웠다. 그러나 긴장은 오래가지 않았다. 자기소개가 시작되고 얼마 되지 않아, 급격하게 마음이 편안해졌던 것이다. 한 회원의 고백 덕분이었다. "회사에서 늘 보고서 못 쓴다고 구박받아서 자존감이 바닥을 치고 있어요." 자신과 비슷한 어려움을 겪는 누군가의 호소를 들어본 건 처음 있는 일이라 신기하기도 하고 반갑기도 했다. 참가자 9명 모두 글쓰기의 어려움에 크게 공감하며, 거침없이 자신들의 이야기를 꺼냈다. 아직 모임이 시작되기도 전이었지만, 금세 가까워진 느낌을 받은 영아 씨는 자기도 모르게, 얼른 다른 사람들이 쓴 글이 보고 싶어졌다. 심지어 자신이 쓴 글에는 어떤 반응이 있을지 궁금했다.

잘 모르는 사람은 때로, 깊은 친밀감을 주기도 한다. '나를 모르는 타인'이라는 사실이 오히려 해방감을 주는 것이다. 회원 모두 처음 보는 사이지만, 서로를 경계하기는커녕 사적인 이야기를 거침없이 풀어내기 시작했다. 최근 겪은 일화부터, 속 깊은 고민, 여행 후기까지 다양한 글이 발표되었다. 드디어 영아 씨가 애써 긴장감을 삼키며 최근 썼던 보도 자료를 읽기 시작했다. 다른 8명이 자기 글에 집중하고 있다는 것이 부담되기도 했지만, 어떤 글이든 격려받는 분위기라 용기를 냈다. 한 장이 채 안 되는 분량을 준비해온 터라 낭독은 금세 끝났다.

마지막 문장을 읽고 나니 상상하지 못한 반응이 이어졌다. "역시 전문가네요!" 그 첫마디는 영아 씨가 처음 들어본 격찬이었다. 부끄러워할 틈도 없었다. "와, 편집자라 역시 다르네요"라는 칭찬이 이어지자, 영아 씨는 심장의 온도가 올라가고 있음을 느꼈다. 근 2년간 단 한 번도 받아보지 못한 반응이었다. 편집자 일을 그만둬야 하나, 나 같은 글치가 누군가의 글을 볼 자격이 있나 등 늘 자책하던 날들이 떠올라 눈물이 났다. 영아 씨 인생 최초로 직접 만난 솔직한 독자였다. 그간 영아 씨 글 앞에 서 있던 독자는 모두 검열자요, 평가자였다. 자연스레 단점만 부각되었을 뿐, 장점은 언급되지 않았다.

영아 씨는 이후 10개월간 빠지지 않고 글쓰기 모임에 참여하고 있다. 엄격한 독자 앞에서 벌벌 떨었던 그녀는 이제 자신감 있게 글을 쓰고 있다. 모임에서 다양한 글을 접하며, 영아 씨의 글도 보다 유연해졌다. 아직 갈 길은 멀지만, 전보단 마음 편하게 글을 쓰고 있다. 팀장의 잔소리는 여전하지만 전처럼 상처받진 않는다. "글이란 보기에 따라, 다르게 읽힐 수도 있다"라는 믿음으로, 언제든 다시 고치면 된다라는 자신감으로 막힘없이 글을 쓰고 있다. 이제, 영아 씨는 더 이상 독자를 두려워하지 않는다.

『글쓰기 수업』(웅진웡스, 2007)의 작가 앤 라모트는 다음과 같이 글쓰기 초보자들을 격려한다. "거의 모든 명문들도 거의 다 형편없는 초고로부터 시작된다. 당신은 일단 무슨 문장이든지 써볼 필요가 있다. 내용은 뭐라도 상관없다. 시작이 반이라고 종이 위에 쓰기 시작하는 것이 중요하다." 글쓰기가 두려운 사람이라면 누구나 앤 라모트의 말을 상기할 필요가 있다.

글 쓰는 일을 했던 아버지로부터 앤 라모트는 "얼마간은 매일매일 써라"라는 조언을 받았다. 그의 회고에 따르면 아버지는 늘 이렇게 말했다. "글쓰기를 피아노의 음계를 맞추듯이 해라, 너 스스로 사전 조율을 하고 나서 말이다. 글쓰기를 체면상 갚아야 할 빚(노름빚)처럼 다루어라. 그리고 일들을 어떻게든 끝맺을 수 있도록 헌신하라." 이후, 앤 라모트는 사무실에서 짬을 내서 쓰는 것 외에 매일 밤 한 시간 이상 글을 썼다. 그리고 작가가 되었다. 앤 라모트에게 아버지는 중요한 독자이자, 관찰자였던 것이다.

어떤 독자를 만나느냐에 따라 글쓰기의 운명도 바뀐다. 매서운 첨삭을 받은 후, 글을 쓸 의욕을 상실하는 것을 넘어 매사에 의욕이 사라졌다는 이도 있다. 글을 못 쓴다는 질타로 회의적 태도가 생겨, 다른 사람조차 잘 믿지 않게 되었다는 사람도 있다.

여기서 우린 과연 글쓰기란 무엇인가, 글 쓰는 사람들은 무엇을 이야기하고 있는가에 대해 생각해볼 필요가 있다. 결국 우리가 쓰는 것은 우리 '자신'이다. 여러 형태로 자신을 드러내고자 하는 신호,

그것이 바로 글쓰기다. 따라서 부정적인 독자 앞에서 글쓴이는 무시와 비판받는다는 감정을 느낀다. 반대로, 격려해주는 독자 앞에 서면 '나도 꽤 괜찮은 인간이구나'라는 자신감이 든다.

여행 후기, 영화 리뷰, 서평 등 어떤 글이든 자신이 반영된다. 글쓰기는 함부로 부정당해선 안 되는 한 인간의 궤적인 것이다. 지금까지 우리는 어떤 독자를 만나왔는가. 아니 우리는 어떤 독자였나. 내가 무심코 뱉은 한마디가 누군가의 생을 주저앉게 만들 수도 있다. "이런 말도 듣고 견뎌야 좋은 글을 쓰지!"라는 이유로 타인을 궁지에 몰진 않았나. 오늘부터라도 친절한 독자, 너그러운 독자가 되어보는 건 어떨까. 최선을 다해 꾹꾹 눌러쓴 글, 그 아래 묻힌 글쓴이의 진심을 사려 깊게 읽어보자. 그리고 힘차게 격려하자. 외롭게 써왔던 이들과 광장의 글쓰기, 함께 쓰기의 즐거움을 나눠보자.

함께 쓰기로
변화한 사람들

"안녕하세요. 저는 글 쓰는 청년 백수 정수민입니다." 수민 씨는 늘 자신을 '청년 백수'라 당당히 소개한다. 수민 씨를 처음 만난 건 한 글쓰기 강좌였다. 사이토 다카시의 『독서력』(웅진지식하우스, 2015)을 읽어보라고 권했더니, 다음 주 수업에 당장 책을 들고 온 이가 바로 수민 씨였다. 그의 손엔 밑줄, 접기, 인덱스로 가득한 『독서력』이 들려 있었다. "이렇게 읽는 게 맞는 건가 해서요." 그는 발췌와 밑줄, 그리고 사이토 다카시가 강조한 삼색 볼펜 표시법으로 책을 읽었다고 했다. 놀라지 않을 수 없었다.

글쓰기 초보자의 경우, 책과 친하지 않은 경우가 많기에 한 주에 한 권 읽기도 쉽지 않다. 게다가 수업받은 대로, 책의 내용대로 실천하기란 더욱 어려운 법. 단 일주일만에 실천의 증거를 들고 나온 이 청년은 뭔가 달랐다. 그렇게 수민 씨는 본격적으로 글쓰기 공부를 시작했고, 여러 모임에 참여하며 서평, 영화 리뷰, 소설 쓰기까지 도전을 멈추지 않았다. 『당신은 가고 나는 여기』(어른의시간, 2015)라는 책에 공저자로 참여하기도 했고, 현재는 숭례문학당 조교 강사로 활동하고 있다.

책과 친해진 지 얼마 되지 않은 수민 씨가 지금에 이른 비결을 꼽자면, 바로 긍정적 태도라 할 수 있다. 그는 칭찬과 지적을 동시에 받으면, 칭찬을 더 많이 받아들이는 편이다. 그의 기준은 늘 타인이 아니라 자기 자신이다. "지난번엔 정리조차 안 됐는데, 이번 주엔 글이 잘 읽힌다는 칭찬까지 받으니 자신감이 생겨요." 그는 늘 스스로를 격려하고 위로한다. 한 번도 "다른 분들은 잘 쓰셨는데, 저는…"이라며 자책하는 모습을 보이지 않았다. 그는 지금도 매주 다양한 글을 써내고 있다.

수민 씨는 함께 쓰기 현장에 빠짐없이 참여하며, 잠재력을 끌어올린 경우다. 그가 초기에 냈던 독후감을 잠시 보자. 스캇 펙의 『아직도 가야 할 길』(율리시즈, 2011)을 읽고 쓴 글이다.

사랑은 우리 자신의 확장을 필요로 한다. 어떤 행동을 하면서 노력이나 용기가 가미되지 않는다면, 그것은 사랑의 행동이 아니다. 가장 먼저 노력해야 할 일은 상대방에게 관심을 갖는 것이다. 그의 성장에 관심을 갖는 것이다. 이는 우리 자신을 사랑할 때 자기 성장에 관심을 두는 것과 같은 이치다. 하지만 사람들 대부분은 그 시간을 낭비한다. 왜냐하면 대체로 잘 들으려고 하지 않기 때문이다. 진정한 사랑은 자신을 다시 채우는 것이다. 다른 사람의 영적 성장을 도

우면 도울수록 나 자신의 영적 성장도 더욱더 촉진된다. 나 자신을 위해서 하는 것이다. 내가 사랑을 통해 성장함에 따라 내 기쁨도 증가하고 지금보다 더 뚜렷해질 것이다.

언뜻 봐선 좋은 말로 가득한 글 같지만, 자세히 보면 모호한 표현이 눈에 띈다. "우리 자신의 확장" "사랑의 행동"은 그 정확한 뜻을 알기 어렵다. 게다가 "자기 성장에 관심을 두는 것과 같은 이치다. 하지만 사람들 대부분은 그 시간을 낭비한다. 왜냐하면 대체로 잘 들으려고 하지 않기 때문이다"라는 문장은 어떻게 읽어도 그 내용이 연결되지 않아 정확히 하려는 말이 무엇인지 파악하기 어렵다. 이렇게 쓴 글은 정리가 안 된 인상을 주기도 하고, 횡설수설하는 듯해 몰입하기 어렵다. 이랬던 수민 씨가 최근엔 이런 글을 써냈다. 철학자 김용규의 『영화관 옆 철학카페』(이론과실천, 2002)를 읽고 쓴 서평의 마지막 문단이다.

『영화관 옆 철학카페』는 다소 어려울 수 있는 철학을 영화라는 매체로 풀어냈다. 작가는 다양한 상징을 철학으로 설명하며, 영화를 이해하지 못하는 독자들의 궁금증을 해소시켜준다. 하지만 책에 실린 18편이 영화 설명을 한 번에 읽어내는 건 무리일 수 있다. 독자들의 이해를 돕기 위해 인용한 다양한 철학 사상이 버겁게 읽히기도 한다. 여러 번 나눠 읽으며, 삶을 들여다보는 작가의 시선을 충분히 엿보는 건 어떨까.

이 글은 글쓴이가 하고 싶은 말을 잘 정리했다는 느낌을 준다. 모호하거나, 불친절한 표현도 줄어들었다. 전보다 간결하고 구체적인 문장이다. 수민 씨는 지금도 월 4~5개의 모임에 참여하며 자기 글에 대한 다른 이들의 의견을 기다린다. 어떤 시선이든 자신에게 도움이 된다는 걸 깨달았기에 늘 열린 토론을 기다린다.

자신에 대한 부정적 감정을 극복한 예도 있다. 주부 오희수 씨는 남편과의 오랜 갈등으로 속앓이를 해왔다. 가장 큰 문제는 의사소통이었다. 자기 마음을 알아주지 않는 남편에 대한 원망으로 갈등은 최고조에 달하고 있었다. 그녀는 학습 모임에 참여해 거침없이 자기 속내를 드러냈다. 모임 초기 희수 씨의 글이다.

언제부터였을까. 삶이 막막하게만 느껴졌다. 언제부터 어디서부터 잘못된 건지 알 수가 없었다. 다른 사람은 다 행복하게 잘 사는 것 같은데, 나만 불행한 건지 답답했다. 내 문제가 없다고는 할 순 없지만 그렇다고 모두 내 문제라는 건지 알 수가 없었다. 막막하고 고독한데 말할 데도 없고 그냥 막막한 삶에 놓여 있는 내 자신이 한심스러웠고 삶에서 아무런 재미를 느끼지 못하니 의욕이 생기지 않아 그저 그런 날들을 보내왔던 것 같다.

답답함이 절절하게 느껴지긴 하지만, 장황하단 느낌을 준다. 반복되는 표현도 많다. 특히 '막막하다'는 표현이 세 번이나 반복되어 지루함을 주기도 한다. 정확히 문제가 무엇인지, 희수는 어떤 입장이라는 건지 풀어내지 못하고 제자리를 도는 듯하다. 물론, 희수 씨의 글도 모임에 참여하며 점점 자리를 잡았다. 학습 모임 8개월 후 희수 씨의 글은 많이 달라져 있었다.

> 오랜 시간 나 자신과 싸워왔다. 지칠 줄 모르는 남편과의 갈등, 그 해결책은 나부터 시작되어야 한다는 걸 깨달은 지 겨우 두 달째. 우리 집은 벌써 평화를 되찾았다. 우리 부부는 더 이상 큰소리를 내지 않는다. 원망하지도 않는다. 제 삶을 살아갈 뿐이다. 격려하거나 비난하지도 않는다. 전과 달라진 것은 바로 '인정'이다. 서로의 방식을 인정하는 태도, 그 길로 들어선 느낌이다.

상황이 달라졌으니 쓸 수 있는 글이 아니냐고 물을 수도 있지만, 꼭 그렇다고 볼 순 없다. 혼자 써왔던 글이 다른 사람에게 '어떻게 읽히는지' 알게 된 후, 희수 씨는 화법부터 고쳐나갔다. 자신감 없는 말투, 끝을 흐리는 습관, 웅얼거리는 목소리를 조금씩 수정하며 조금 더 명확히 자신의 의견을 전달하려 애썼다. 학습 모임에 애정을 갖다 보니, 더 잘 표현하고 싶었던 것이다. 자신감 있게 자신의 생각을 드러내는 다른 회원들을 보며 자극을 받은 결과이기도 했다.

말의 변화는 고스란히 글에 드러났다. 희수 씨는 말했다. "전엔 글을 써도 답답한 게 풀리지 않았어요. 이 말을 하려던 게 아닌데, 왜 이것밖에 못 쓰나 하는 자괴감만 들었어요. 지금도 글쓰기라면 두렵고, 도망가고 싶지만 전보단 시원해요. 마침표를 찍고 나면 뭔가 해소되는 느낌이 있어요. 계속 써야죠." 글쓰기 모임 회원 모두 희수 씨의 얼굴이 밝아졌다고 한다. 전보다 편안해 보이고, 안정감이 느껴지는데 글 또한 그렇다며 칭찬을 한다.

사람마다 성장한 환경은 다르다. 가혹한 비판과 첨삭으로 나아지는 사람도 있고, 격려로 도약하는 이도 있다. 문제는 참가자 본인이라기보다, 함께하는 이들의 역할이다. 누군가의 한마디 말, 글 한 편을 우린 어떻게 대했는가. 혹 보고 싶은 것만 본 건 아닌지, 내 잣대로 함부로 평가하진 않았는지 스스로에게 물어보자. 사회학자 김찬호는 『모멸감』에서 '평가 없는 공동체'를 우리 사회의 대안으로 꼽았다.

> 나를 있는 그대로 받아들여주는 사람들, 억지로 나를 증명할 필요가
> 없는 공간이다. 내가 못난 모습을 드러낸다 해도 수치스럽지 않고,
> 다른 사람들이 그것을 가지고 뒷담화를 하지 않으리라고 믿을 수 있
> 는 신뢰의 공동체가 절실하다.
> ─『모멸감』, 김찬호 지음, 문학과지성사, 2014

함께 쓰기 모임 역시 신뢰의 공동체로 성장할 수 있다. 나, 너, 우리 모두가 '편견 없이 듣기'를 실천하려 애쓴다면, 언제나 그 가능성은 강렬히 살아 있다.

함께 쓰는
사람이 있어 좋다!

    아직도 첫 첨삭의 기억을 잊지 못한다. 어디서부터 어떻게 고쳐야 할지 막막하기만 했던 내 글의 첨삭자는 편집장이었다. 태어나 처음 받아본 첨삭은 모멸감 그 자체였다. '내 수준이 이것밖에 안 되는구나'라는 좌절감에 바닥을 쳤다. 누구나 다른 사람에게 제 글을 보일 땐 나름대로 최선을 다한다. 그런데 그 최선의 수준이 평가 절하 당한다면 좌절하기 십상이다. 그때마다 내겐 최면이 필요했다. '좋아질 거야.' 간절히 듣고 싶었던 말이다. 그러나 내 주변엔 위로 해줄 사람이 없었다. 스스로 끊임없이 독려해야 했다. 당시 내 글에 대한 의견을 주고받을 만한 모임이 있었다면 상황은 좀 달라지지 않았을까.

    글쓰기 모임을 하며 놀랐던 점 중 하나는 참가자들의 실력 향상이다. 그들 스스로 한계를 뛰어넘고, 거듭나는 상황을 종종 보게 된다. 직장인 한혜수 씨도 글쓰기에 대한 두려움을 넘어보고자 모임을 찾았다. 대기업 홍보실에 근무하는 혜수 씨는 '쓰는 업무'에 알레르기 반응을 보일 정도로 상황이 심각했다. "이런 식으로 정리 좀 해보세요"라는 요청을 받으면 밤잠을 설치기 일쑤라고 했다. "말은 어렵지 않은데, 글은 왜 이렇게 어려운지 모르겠다"며 혜수 씨는 탄식을 했다.

컴퓨터공학을 전공하고 다른 부서를 거쳐, 홍보실에 온 혜수 씨는 3년차가 돼도 나아지지 않는 자신의 업무 능력에 한계를 느끼고 있었다. 포근한 인상, 뛰어난 친화력으로 사내에서도 인기가 좋은 혜수 씨가 그런 고민을 안고 있다는 걸 아는 사람은 거의 없었다. "문장이 이게 뭐냐?"라는 부장의 쓴소리가 터져 나올 때마다 퇴사 충동이 일었다는 그녀는 결국 함께 쓰기 모임을 찾았고, 활동 5개월 만에 "이제 잘 읽힌다"는 칭찬을 듣게 되었다고 한다. 그녀가 첫 모임에 들고 온 글의 일부를 보면 당시 상황을 짐작할 수 있다.

글쓰기에 대한 나의 생각

어릴 때부터 책과 친하지 않았고 글쓰기라면 도망갈 생각부터 했던 내가 글쓰기를 어려워하는 것은 당연한 일이다. 난 지금도 글쓰기라는 말만 들어도 부담이 되고 두려움부터 느끼는 것 같다. 글쓰기 재능은 타고나는 것이라 생각하지만, 최소한의 능력이라도 쌓아야 회사 생활을 버틸 수 있을 것 같아 결국 글쓰기 모임까지 왔지만 내가 잘할 수 있을까 하는 생각에 두려움에 휩싸여 있는 것이 사실이다. 하지만 난 포기하지 않을 것이다. 잘 쓰는 사람들 앞에서 주눅들지 않고 꾸준히 노력하다 보면 재능까지는 아니더라도 조금은 나아지지 않을까 하는 희망을 가져본다.

자기 생각을 솔직히 표현했지만 문장이 장황하고 중복되는 표현이 많다. 비슷한 내용이 되풀이된다는 느낌을 준다. 대부분의 회원들이 1~2장씩 써온 것과 달리 혜수 씨는 6줄밖에 쓰지 못했는데 그조차 몇 시간을 컴퓨터 앞에 앉아 있다 겨우 쓴 글이라고 했다. 유창한 말솜씨로 자기소개를 하던 혜수 씨는 글을 낭독하는 시간엔 목소리를 떨 정도로 긴장했다. 물론 회원들은 "어쩌면 내 마음과 같은지!" "솔직하게 너무 잘 썼다"는 말로 그녀를 격려했다. 이후 혜수씨는 성실 회원이 되어 모임에 빠짐없이 참석하고, 글을 썼다. 5개월만에 그녀의 글은 몰라보게 달라졌으니 새삼 함께 쓰기의 힘을 확인할 수 있었다. 최근 그녀가 모임에 써온 글이다.

학습 모임이 좋은 이유

요즘 내 생활엔 생기와 여유가 넘친다. 쉽게 지치던 내가 활력을 되찾은 비결은 바로 '학습 모임'이다. 태어나 처음으로 해본 학습 모임이었다. 사실, 첫인상은 그리 좋지 않았다. 다양한 연령대, 80퍼센트가 여성 회원이라니. 통하는 게 적어 이야기가 끊기거나 수다로 흐를까 걱정했다. 그렇게 꿈에 그리던 내 인생 첫 번째 학습 모임이 시작되었다. 첫 모임에서 놀란 것은 회원들의 열정이었다. 글을 잘 쓰고 싶다는 강렬한 열정이 느껴졌다. 집에 돌아와 모임에서 받은 글을 여러 번 읽었다. 내가 평소 쓰고 싶었던 글도, 쓰지 못하는 글도 있어 많은 걸 느꼈다. 그냥 한번 가봐야겠단 마음으로 온 나와 달리, 사람들은 치열했다. 많이 반성했다.

그렇게 5개월간 잘하진 못해도, 빠지진 말자는 각오로 모임에 참여했다. 매번 글을 써 가야 한다는 것에 부담을 느꼈지만, 어떻게든 마침표를 찍겠다는 생각이었다. 가장 큰 성과는 글쓰기에 대한 두려움, 스트레스가 많이 줄었다는 것이다. 회원들의 따뜻한 공감과 격려 덕분이다. 이 모임에선 서로 써온 글을 낭독하고 좋은 점을 이야기한다. 가식이 아닌 진심으로 서로의 이야기에 귀 기울이고 격려한다. 회사에서 받은 상처를 모임에서 치유하기도 했다. 앞으로 얼마나 좋아질진 모르겠지만, 꾸준히 참여하고 싶다.

감정 표현이 세밀해진 것은 물론, 전보다 정리된 문장이다. 하고 싶은 말을 순차적으로 정리해, 모임 참여 경과를 한눈에 알 수 있다. '이 정도 글은 누구나 쓸 수 있지 않나?'라고 느끼는 이도 있을 것이다. 하지만 오랜 시간 글쓰기 스트레스로 고민해온 회원의 성과라는 점에서 의미 있는 성취였다. 이 글을 읽은 혜수 씨에게 회원들은 박수를 보냈다. "매월 좋아지는 게 느껴진다" "내 생각을 그대로 정리한 것 같아 공감했다" "군더더기 없이 잘 읽힌다"는 의견이 이어졌다. 다소 떨리는 목소리로 글을 읽은 혜수 씨는 말했다. "글쓰기라는 벽을 언제 넘을 수 있을진 모르지만, 스트레스가 줄어든 것만으로도 더 바랄 게 없어요."

여전히 혜수 씨는 글쓰기와 씨름하고 있다. 달라진 점 중 하나는

'책 읽기' 모임까지 나가고 있다는 사실. 잡지나 실용서 정도만 읽었던 그녀가 소설, 고전, 인문서를 접하고 있으니 큰 변화다. 이는 함께 모임에 나오는 이들이 주는 자극이 준 선물이다. 버거운 회사 생활과 함께 책 읽기, 글쓰기 모임에 참여하는 것이 쉬운 일은 아니지만 이렇게 조금씩 하다 보면 나아지리라 믿는다. 그녀에게 힘을 주는 또 다른 공간은 바로 카카오톡 그룹 채팅방이다. 모임 전후에 올라오는 다양한 이야기 가운데 '살아갈 힘'까지 얻는다고 한다.

> 회원 1: "아 내일 모임이네요, 아직 글을 못 써서…"
> 회원 2: "저도 벽에 머리만 부딪히고…"
> 회원 1: "ㅋㅋㅋ 저만 그런 건 아니군요"
> 회원 2: "○○ 님이 대신 써주셨으면…"
> 회원 1: "저도요! ㅋㅋ"
> 회원 3: "저는 이제 겨우 끝냈어요. 출력하니 뿌듯하네요. 발로 쓴 글이지만 낼 모임 기대됩니다."
> 회원 1: "축하 축하!"
> 회원 2: "부럽… 넘넘 축하해요! 낼 모임 기대!"

모임에 '가기 싫다, 갈 수 없겠구나, 갈 수 있을까?' 여러 고민에 휩싸여 있을 때 위와 같은 대화는 큰 힘이 된다. 모임 후에도 채팅방은 생기가 넘친다.

회원 1: "아… 오늘 모임 너무 좋았어요."

회원 2: "전 왜 그리 목소리가 떨리던지…"

회원 1: "노노, 전혀요. 목소리 넘 좋아요~"

회원 3: "그럼요, 전 ○○님 낭독만 기다립니다! 오늘 글 넘 좋았어요. 저도 그렇게 써보고 싶어요!"

회원 2: "흑… 감사합니다… 태어나 목소리 좋다는 이야기 첨 들어요."

회원 1: "인색한 인간들…"

회원 2: "ㅋㅋㅋ"

회원 3: "ㅋㅋㅋ"

이렇게 대략 1시간 정도의 대화를 마친 후, 다음 모임을 기약한다. 함께 쓰기 현장의 온라인, 오프라인이 시너지를 이루는 순간이다. 잘 쓰고 싶다는 마음만 있을 뿐, 어떻게 어디서부터 시작해야 할지 막막한 이들에게 '함께 쓰기'는 강력한 동기부여와 플랫폼 역할을 한다. 첫 문장의 두려움을 느끼는가? 망설이지 마시라. 당신의 글에 귀 기울여줄 회원들이 여기 있으니.

2장

글쓰기 모임 만들기

최진우

글쓰기 모임을
만들려는 이들에게

글쓰기 모임을 운영하기 위해서는 기본적으로 무엇이 필요할까? 아마 가장 중요한 것은 모임을 이끄는 진행자의 마음가짐이 아닐까 한다. 모임 기획을 세워 추진하고 지속시키려면 우선 글쓰기 모임 운영의 어려움을 살펴보는 것이 좋다. 반드시 닥쳐올 두려움에 대처할 수 있기 때문이다.

주변의 친한 지인들은 물론, 글쓰기에 대한 열망을 지닌 분들을 한자리에 초대해 함께 글 쓰는 모임을 만드는 것은 상상만으로도 벅차다. 당장 실행에 옮기기 위해 블로그나 SNS에 모집 공고를 내려는 순간, 갑자기 우려가 몰려든다. '글을 잘 못 쓰는 내가 모임을 이끌 수 있을까? 아무도 안 오면 어쩌지? 끝까지 책임지고 할 수 있을까?' 모임에는 성격이나 직업, 가치관 등이 서로 다른 다양한 사람들이 참가하기 때문에 이들을 모두 만족시키기란 쉽지 않다. 문제는 생각보다 사소한 부분에서도 종종 발생한다. 우선, 모임 날짜와 장소 섭외가 애매하다. 주중이 편한 사람이 있는 반면, 주말에만 시간이 나는 사람도 있다. 서울 강남 쪽에서 만나면 수원이나 안양 쪽에서 오는 사람들한테는 가깝지만, 성북 등에서 오는 사람들은 불편하다.

어렵게 장소와 시간을 잡아도 모임 당일에 오지 못하는 사람들이 있다. 사정도 다양하다. 회사 회식 때문에, 감기 몸살 때문에, 중요한 약속이 생겨서, 참석 못해 아쉽다며 다음에는 꼭 가겠다고 약속하는 개인 톡이 불이 난다. 한두 명 정도 빠지는 것이야 상관없지만, 여러 명이 한꺼번에 나오지 못하는 것은 운영자를 의기소침하게 만든다.

참석 예정인 전원이 모임 시간에 맞춰서 오는 것도 드물다. 퇴근 시간이 늦어져서, 차가 막혀서, 급한 볼일을 처리하느라 늦게 오는 사람들도 있다. 이처럼 다급하게나마 연락을 주기도 하지만 아무 소식이 없는 경우도 있다. 모임이 끝난 후 모두가 만족한 시간을 보냈다는 보장도 없다. 다소 부족하거나 실망한 회원들이 존재하게 마련이다. 처음엔 뜨거운 열기로 시작한 모임도 얼마 못 가 시들해진다. 모임을 꾸준히 지속시키기 힘든 이유는 이처럼 많다.

당일 결석으로 참석자 수가 변경되면 운영자는 난처하다. 모임 공간은 보통 사전 예약을 할 때 공간 사용료를 미리 지불하는 경우가 많은데, 이럴 경우 참석자 수가 적어지면 운영자는 본의 아니게 금전적인 손해를 보게 된다. 적은 금액이라도 이런 경우가 여러 번 생기면 모임을 지속시키려는 의지가 약해지기 마련이다. 글을 쓰고 싶어 하는 사람들끼리 모여 열정을 발산하는 자리를 마련해보겠다는 순수한 생각이 꺾이게 된다. 이런 문제를 사전에 방지하기 위해서 미리 회비를 거두기도 하지만 이 또한 쉽지 않다. 모임에 늦게 오는 사람들이 많아지면 예정된 프로그램을 원활하게 진행하기도 힘들다. 누군가 만들어놓은 모임에 참여하는 것이 더 마음 편하겠다는 생각이 들 때도 있다.

하지만 무엇보다 글쓰기 모임을 운영할 때 가장 두려운 것 중 하나는 자신의 부족한 글쓰기 실력이다. 함께 쓰는 모임을 만들고 싶은 마음은 굴뚝같지만 내공도 없는 내가 과연 모임을 이끌 수 있을까라는 생각이 들 수 있다. 모임에 참석하는 회원 중엔 엄청난 독서력을 가진 것은 물론 수준 높은 글을 쓰는 사람도 있다. 운영자로서 모임에 참여하는 이들보다 글을 잘 써야 모임을 이끌 수 있다는 생각을 하기 쉽다. 하지만 글쓰기 모임의 목적과 특징을 생각해본다면 반드시 그렇지만은 않다는 걸 알 수 있다. 글쓰기 실력과 모임 운영 실력은 다르기 때문이다.

우선 모임의 성격을 가만히 살펴보자. 함께 쓰는 모임은 말 그대로 '강의'가 아니라 '모임'이다. 강의가 지식이나 실력을 전달하는 것이라면, 모임은 함께 만나 글을 나누는 형식으로 이뤄진다. 운영자는 글쓰기 노하우를 전수하는 것이 아니라 회원들을 이어주고 그들이 글을 쓸 수 있도록 도와주면 된다. 글을 잘 쓰는 것과 사람을 연결해주는 것은 다른 일이다. 모임의 목적을 살펴보면 보다 분명해진다. 함께 글쓰기를 위해 오는 사람들은 대부분 자신의 글쓰기 열망에 불을 지피러 온다. 전업 글쓰기가 아니라 취미 글쓰기로 생활의 만족과 밀도를 높이고 싶은 사람들이다. 운영자는 그들이 글을 쓸 수 있는 분위기를 만들어주면 된다. 글을 잘 쓰는 것과 글을 쓸 수 있게 환경을 만드는 것은 다른 일이다.

모임을 조직하기 두려운 이유로 진행자의 성격을 생각해볼 수도 있다. 내성적이거나 조용한 사람이라면 과연 모임을 이끌 수 있을지 의문이 들 수 있다. 하지만 이 역시 꼭 그렇지만은 않다. 개인의 성격과 모임 운영 실력은 다르다. 우선 모임에 오는 사람들을 살펴보자. 그들은 유희를 즐기거나 또는 인간관계의 폭을 넓히기 위해 온 것이 아니다. 그들의 목적은 오직 하나. 글을 쓰는 것이다. 모임을 통해 잊었던 글쓰기 욕망을 발현시키기 위해서 온다. 운영자는 그들을 조용히 모임으로 인도하면 된다. 사교적인 언술이나 몸짓은 중요하지 않다. 중요한 것은 환대하고 격려하고자 하는 마음이다. 그것은 소극적인 성격과는 별개의 문제이다.

이처럼 글쓰기 내공이 부족해도, 만찬을 준비하는 주인장처럼 호탕한 성격을 갖추지 못해도, 함께 글 쓰는 모임을 훌륭히 이끌 수 있다. 글쓰기를 즐거워할 수만 있다면, 글 쓰는 사람들의 열정을 불러일으키는 일에 관심만 있다면 누구나 함께 글쓰기 모임을 운영할 수 있다.

경청은 모임을 이끄는 열쇠다

　　모임을 원활하게 이끌기 위해서는 무엇보다 경청하는 자세가 필요하다. 경청은 단지 남의 이야기를 듣는 것만을 의미하지 않는다. 사회학자 엄기호는 『단속사회』에서 경청을 "타자의 타자성에 귀 기울이는 것이고 동시에 그를 통해 나의 타자성에 문을 여는 것"이라고 정의했다. 운영자는 회원들이 모임에 오는 목적을 솔직하게 말하지 않는 한 그들이 원하는 바를 정확하게 알기 힘들다. 하지만 그들이 쓴 글을 세밀하게 읽어낸다면 원하는 것이 무엇인지, 모임에서 어려운 점은 어떤 것인지를 느낄 수 있다. 그룹 채팅방이나 오프라인 모임에서 이루어진 대화에서 운영자는 회원들의 마음을 예민하게 읽어내야 한다. 그것이 타자성에 귀를 기울이는 태도다.

　　숭례문학당에서 온라인 100일 글쓰기를 진행한 한 강사는 그룹 채팅방에서 나눈 회원들의 대화 내용을 유심히 살폈다. 한 명이 소설 쓰기를 공부한다고 하자 다른 회원도 소설 습작을 하고 있다고 말했다. 감탄과 격려가 이어지고 "나도 한번 소설을 쓰고 싶다"는 말들이 여기저기서 나왔다. 다음 날 그 강사는 인터넷 카페에 소설 쓰기 게시판을 만들어주었다. 관심이 있는 사람은 누구나 소설을 써서 올릴 수 있도록 환경을 조성해준 것이다. 반응은 가히 폭발적이었다. 소설을 읽기에만 그쳤던 많은 회원들이 서툴지만 호기심을 가지고 소설을 한 단락씩 써서 올리는 것이 아닌가. 단순 잡담에 불과할 뻔한 대화들을 세심하게 들여다본 운영자의 예민함이 돋보이는 예다.

내가 진행한 '100일 글쓰기 곰사람 프로젝트'에서도 이와 비슷한 일이 있었다. 매일 글을 쓰다 보니 글감이 없거나 물리적인 시간이 부족해 내용 발췌를 가끔 올리는 회원들이 생겼다. 이 중에는 시를 발췌하는 이들도 있었다. 난 100일 글쓰기와는 별개로 시 필사 프로젝트를 권유했다. 매일 좋아하는 시를 필사한 후 사진으로 찍어서 게시판과 채팅방에 올리기를 제안하자 생각보다 많은 회원들이 참여했다. 회원들은 연필이나 만년필로 시를 꾸준히 필사했다. 직접 자작시를 짓는 회원들도 생겼다. 100일이 지나 프로젝트가 종료되었는데도 시 필사는 계속되었다. 카톡방은 여전히 활발하다.

경청의 결과는 여기에서 그치지 않는다. 시 필사의 경우 운영자인 나도 처음부터 함께 참여했기에 회원들과 계속해서 시 공부를 이어나갈 수 있었다. 필사할 시를 찾게 되고, 필사한 후 그 시를 좀 더 감상해보기 위해 평론가의 글들을 살펴볼 기회도 갖게 되었다. 필사할수록 시의 세계가 오묘하게 느껴졌다. 평소에는 시를 거들떠보지도 않던 사람이 시에 관심을 갖게 된 것이다. 경청은 이처럼 그동안 미처 깨닫지 못했던 내 안에 잠재되어 있는 '어떤 것'을 꺼내는 계기가 되기도 한다. 그것을 엄기호 씨는 "자기 삶에 내재되어 있는 타자성"(『단속사회』)이라 칭한다. 경청은 이처럼 타자뿐만 아니라 나의 타자성에 문을 두드린다.

운영자가 경청하는 모습을 보여주면 회원들은 신뢰를 갖고 모임에 참여한다. 모임의 부족한 부분이 생기면 속에만 담아두지 않고 운영자에게 솔직하게 건의하기도 한다. 소통할 수 있다는 믿음이 있기 때문이다. 또 운영자에게 약간의 서운함이 생겨도 이해해주려 노력한다. 회원 자신만의 입장만이 아니라 모임 전체를 이끄는 운영자의 딜레마를 헤아릴 수 있기 때문이다. 경청은 모임 진행의 세밀한 부분을 조율해주는 데 그치지 않고, 모임이 활발하고 꾸준하게 이어지게 만드는 동력이 된다. 개인 사정으로 잠시 탈퇴한 회원도 경청하는 운영자가 그리워 다시 돌아오는 경우도 있다. 글을 잘 못써도, 성격이 소심해도 괜찮다. 경청할 수 있는 태도를 갖춘다면 글쓰기 모임을 훌륭히 이끌 수 있다.

모임에도
기획이 필요하다

숭례문학당에는 다양한 학습 모임이 있다. 책 읽기부터 토론, 글쓰기, 책 쓰기, 영화, 건강 등 삶을 풍요롭게 하기 위한 여러 분야들이 있다. 다른 사람들과 함께 하면 의욕도 고취되고 지속력도 강하다. 사람들이 모임을 찾는 이유이기도 하다. 하지만 처음부터 학당에 모임이 많았던 것은 아니다. 열정을 지닌 사람들과 열의를 담을 수 있는 프로그램이 있어야 모임은 활성화된다.

숭례문학당의 회원들이 집필한 『이젠, 함께 읽기다』『책으로 다시 살다』 등이 조금씩 관심을 끌면서 이곳을 찾는 사람들도 늘어갔다. 그때쯤 학당에서는 독후감 쓰는 모임과 100일 글쓰기 모임을 기획하고 있었다. 내가 할 일은 기획안을 작성하고 그 모임들을 진행하는 것이었다. 내게는 걱정거리가 생겼다. 그때 나는 서평 쓰기 훈련을 하고 있었을 뿐 독후감을 근사하게 쓸 수 있는 실력을 갖추지도 못했는데 이런 모임을 기획할 수 있을까, 멋진 기획안이 나왔다고 해도 매끄럽게 진행할 수 있을까라는 걱정이 있었다. 곰곰이 생각한 후 내가 내린 결론은 이랬다.

1) 글쓰기 실력과 운영 실력은 다르다.
2) 모임 진행에 적합한 성격이 따로 있는 것은 아니다.

그렇다면 독후감 모임을 구체화할 수 있는 방법은 무엇일까? 먼저 모임의 성격을 확실히 정하는 것이 중요하다. 그리고 방향키의 역할을 하는 기획안에 모임의 목적과 방법을 명료하게 드러낸다. 모임의 목적이 명확하지 않다면 사람들을 만족시킬 수 없다. 독후감 쓰기 모임은 독후감 대회에서 상 받을 사람을 길러내는 것이 목적이 아니다. 어떤 이유로든 독후감을 쓰고 싶은 사람이 글을 쓸 수 있는 장場을 마련하는 것이다. 참가하는 회원들의 글 수준도 고려해야 할 사항이다. 다음은 독후감 쓰기 모임의 기획안이다.

모임의 필요성 : 글 쓰고 싶은 사람을 위하여

1. 글쓰기 동력을 위하여
독讀후감 쓰기는 홀로 독獨이 되면 외로운 작업이다. 자칫하면 독毒이 되어 오히려 독서에 치명적인 부담이 된다. 그렇다고 독후감을 피할 수는 없다. 독후감을 거부하면 독서는 모래성 쌓기에 불과하다. 정리 안 된 책은 읽지 않은 책과 같다. 함께 모인다면 마감의 긴장으로 끊임없는 글쓰기를 즐길 수 있다. 써야 하니 읽어야 한다. 꾸준한 독서는 덤으로 따라온다. 일석이조의 모임이다.

2. 용기와 위안을 위하여

하지만 글을 품평하고 첨삭하는 모임은 참가자의 기를 꺾을 수 있다. 글을 쓰는 건 용기가 필요하다. 모처럼 낸 용기를 빛나게 하기 위해서는 만나면 즐겁고 헤어질 땐 아쉬운 정다운 모임이 필요하다. 읽었으니 칭찬해주고, 썼으니 격려해주는 동료가 필요하다. 외로운 작업을 위안해주는 마당이 필요하다.

3. 후련함을 위하여

글쓰기는 외로운 작업이라 글쓰기를 하고 싶은 사람들은 동적인 심신이 필요하다. 내 글을 남들 앞에서 소리 내어 읽으면 꾕장한 카타르시스를 느낄 수 있다. 밤새워 끙끙대며 완성한 문장을 동료들에게 들려주는 순간, 소통의 후련함이 다가온다. 벽이 아닌 살아 있는 귀들의 모임이 필요하다.

모임 목적
꾸준한 독후감 쓰기로 책과 글쓰기에 친숙해지기
글쓰기로 자존감 높이기
마음속에 쌓아둔 책의 느낌 발산하기
회원들의 유대감 강화

모임의 필요성과 목적을 정하고 나니 대상이 좀 더 명확해졌고 진행 방법이 구체화되었다.

대상

연령, 성별, 직업에 상관없이 독서와 글쓰기를 시작하고 싶은 분

꾸준히 독후감을 쓰고 싶은 분

편독에서 벗어나고 싶은 분

많은 책을 읽었으나 정리가 안 되는 분

정보를 정리하여 말과 글로 표현하고 싶은 분

칭찬과 박수를 주고받고 싶은 분

모임 진행 방법

4회차 모임

매주 수요일 오전 10시부터

책은 자유 도서로 한다.(마지막 4회째는 지정 도서로)

책과 관련하여 지난 주 일상 말하기로 모임 시작

자신이 선정한 책을 소개한다.(선정 이유, 느낌, 독후감의 주제 등)

자신이 써 온 독후감 낭독(멋진 목소리로 자신 있게)

참여자들과 느낌 나누기(칭찬과 격려를 중심으로 책과 독후감에 대해)

발표된 글 중 가장 인상적이거나 감동적인 글 뽑기

독후감에서 제시된 것들 중 주제를 선정해 미니 토론하기

모임 소감 말하며 마치기

모임 효과

글쓰기를 통하여 확실한 독후활동을 할 수 있다.

다양한 책과 글을 접해볼 수 있다.

읽은 책을 요약해서 정리, 전달할 수 있다.

발표 능력이 향상된다.

편독의 습관에서 탈출할 수 있다.

글쓰기로 자기 치유를 경험할 수 있다.

다른 글쓰기 모임이나 수업과의 차별성

1. 대규모 모임과는 달리 소규모 인원으로 회원들 간의 유대감을 강화할 수 있다. 자기가 읽은 책을 자유롭게 선정할 수 있다. 다양한 분야의 책 정보를 얻을 수 있고, 독서의 확장을 이룰 수 있다. 한 달에 한 번이 아니라 매주 모이게 되므로 속도 있는 글쓰기를 할 수 있다.

2. 합평 수업과는 달리 첨삭의 두려움이 없어 편하게 모일 수 있다. 용기와 격려를 얻을 수 있다. 모임은 무언가를 배운다기보다는 발산하는 자리다.

3. 독후감에까지 영역을 넓혔기 때문에 누구나 쉽게 시작할 수 있다. 다양한 독후감을 쓰고, 접하다 보면 서평을 쓰고 싶은 마음이 생길 수 있다. 합평 수업으로 가는 가교 역할을 할 수 있다.

4. 무엇보다 내 맘대로 읽고 쓸 수 있다는 것이 이 모임의 가장 큰 장점이다.

독후감 쓰기 모임은 10명 내외의 소수 인원으로 시작했지만 만 2년을 향해 가고 있는 현재까지 15기가 운영 중이다. 내가 5기까지 진행한 이후 이정아 강사가 지금까지 진행하고 있는데 다양한 운영의 묘미를 엿볼 수 있다. 그녀는 날씨 좋은 날에는 경치가 좋은 도서관이나 공원에서 야외 모임을 갖기도 한다. 회원들에게는 일주일의 활력이 생기는 셈이다. 특히 열혈 단골 회원과 설렘 신입 회원의 만족을 잘 충족시켜준다. 그들이 원하는 것은 두 가지로 압축된다.

1) 글을 잘 쓰기보다는 신명나게 쓰기
2) 혼신의 힘으로 쓴 글 칭찬 받기

독후감 쓰기의 모토는 "즐겁게 쓴 글로 무한 칭찬 받기"라고 봐도 무방하다. 이런 조건이라면 모임에 계속 나오고 싶지 않을까.

운영자는
관리자가 아니라 리더다

어떤 모임이든 운영자의 역량이 중요하다. 물론 함께 쓰기 모임은 이미 말한 것처럼 글을 뛰어나게 잘 쓰지 않아도, 사교계를 주름잡는 성격이 아니어도 충분히 이끌 수 있다. 하지만 운영자가 조금 더 내공을 쌓는다면 모임의 수준이 올라가고 활동 범위도 넓힐 수 있다. 그렇다면 운영자의 실력을 키우는 방법에는 어떤 것들이 있을까?

우선 모임에 직접적으로 영향을 주는 측면을 키울 수 있다. 이를 테면, 함께 쓰기 모임을 운영하기 위해서는 비슷한 성격을 갖는 모임에 직접 참여해보는 것이 중요하다. 회원들이 겪을 고충을 피부로 느껴본다면 모임을 훨씬 원활하게 운영할 수 있다. 예를 들어 100일 글쓰기 모임을 진행할 예정이라면, 직접 100일 동안 글을 써보는 것이 좋다. 100일 글쓰기를 하지 않아도 모임은 운영할 수 있다. 하지만 그럴 경우 회원들의 심리나 어려움을 직접 알기는 힘들다. 그들을 독려하고 활기찬 프로그램으로 이끌어 나가는 데는 아무래도 한계가 따른다.

 나 역시 숭례문학당 '100일 글쓰기 곰사람 프로젝트' 1기를 진행하면서 직접 써봐야겠다는 생각을 하진 못했다. 하지만 선배 강사분께서 직접 경험하는 것이 중요하다며 내게 100일 글쓰기를 진지하게 권했다. 약 한달 후에 시작한 2기에 직접 참여해서 100일 동안 글을 썼다. 역시 모임을 진행하는 것과 직접 참여하는 것은 달랐다. 매일 글쓰기가 생각보다 쉽지 않아 그만두고 싶은 유혹에 시달렸다. 시간도 없고 글감을 찾기 힘들 때는 더욱 그러했다. 하지만 그때마다 단념하지 않고 인상 깊게 읽은 책의 한 부분을 발췌해서 올리기도 했다. 지금도 나는 회원들에게 정말 포기하고 싶을 때는 최후의 보루로 발췌를 해도 좋다고 말한다. 이유는 직접 100일 글을 써봤기 때문이다. 이처럼 직접 해본다면 다음 기수 모임에서는 100일 글을 다시 쓰지 않더라도 회원들의 고충과 요구를 예측하고 모임을 이끌어나갈 수 있다.

 운영자의 글쓰기 실력 또한 모임 운영에 직접적인 영향을 주는 요소다. 글쓰기가 조금 부족해도 모임은 유지될 수 있다. 하지만 발전하기는 꽤 어렵다. 시간이 흐를수록 회원들의 실력이 어느 정도는 높아진다. 그러나 회원들의 실력을 이끌어줄 만한 사람들이 없다면 모임은 답보 상태에 빠질 우려가 있다. 회원들은 좀 더 차원 높고 보람 있는 시간을 원할 수도 있다. 서로 만나 서로의 고충을 해소하는 것도 좋지만 무엇보다 글쓰기 공부가 돼야 회원들은 만족한다. 더 배우고 싶은 욕구가 충족되지 않으면 불만이 쌓일 수 있다. 운영자는 이것을 풀어줄 수 있어야 한다. 가장 명쾌한 방법은 스스로 글쓰기 내공자가 되는 것이다. 물론 신입회원 초대나 혹은 모임의 목적을 변경하는 등 다른 방법이 있을 수는 있지만 쉽지 않다. 글쓰기 실력자가 되는 과정이 험난해도 이것이 쾌도난마가 될 수 있다. 더군다나 글쓰기 회원으로 참여하는 운영자에게는 반드시 필요한 일이다.

이 문제는 '어떻게 하면 글을 잘 쓸 수 있을까'라는 글쓰기의 근원적 질문과 연결된다. 모임 운영을 하려 했더니 기본 원칙으로 돌아간 셈이라고 볼 수도 있다. 이와 관련해서는 많은 사람들이 수많은 이야기를 하고 있으니 여기서는 간단하게 다루겠다. 심오한 글쓰기가 아니라 모임의 발전 정도를 위한 글쓰기 향상을 위해서는 경험을 글로 남기는 습관을 갖는 것으로도 도움이 된다. 생활 글쓰기 측면에서 직간접 경험을 문장으로 표현하는 것은 꽤 훌륭한 훈련이다. 하루 중 인상적인 일을 메모한 후, 정리해서 짧은 글로 써보자. 왜 인상적이었는지, 글로 쓸 가치가 있는지, 내게 어떤 영향을 주었는지 등이 일목요연하게 보일 것이다. 책을 읽은 후에는 간단한 소감문을 작성해보자. 한 문단밖에 안 되는 감상문이라도 책 내용과 생각을 정리하는 데 도움을 줄 것이다. 사회적 이슈가 있다면 그와 관련해 나의 생각을 써보자. 사안에 대한 찬성 여부와 함께 근거를 적는 연습은 비평적 시각을 키워준다.

또 글쓰기 실력 키우기만큼 중요한 것이 있다. 바로 체력이다. 글쓰기 모임 운영과 체력이 어떤 관계가 있느냐고 물을 수도 있다. 둘은 생각보다 꽤 밀접하다. 모임은 정기적으로 이루어져야 안정적으로 지속될 수 있는데, 운영자가 체력이 약해 모임을 연기하는 일이 있다면 큰일이다. 회원들은 몸살로, 컨디션 난조로, 심지어는 마음이 울적해서 모임에 빠질 수도 있다. 하지만 운영자는 그럴 수 없다. 강철 체력을 기르지 못하면 모임은 사상누각일 뿐이다. 몇 번이고 연기되는 모임은 신뢰받지 못한다. 나도 이 부분을 절실히 느꼈다. 무척 흥미롭고 즐거워 여러 글쓰기 모임에 참여했는데 체력이 급격히 무너져 모임을 취소한 적이 있다. 회원으로 꾸준히 참여를 못하자, 글쓰기 모임의 매력에 빠져 이런저런 모임을 구상해보고 진행하려던 것도 망설이게 되었다. 잘 차려진 밥상을 먹지도 못하는데 어떻게 근사한 밥상을 차릴 수 있겠는가.

마지막으로 사람들의 심리를 세심하게 살피는 훈련이 필요하다. 모임은 사람들이 만나는 공간이다. 저마다 다른 입장을 가진 사람들이 모이면 갈등이 생기기 마련이다. 글쓰기라는 목적을 위해서 모였지만, 살아온 환경과 가치관이 다른 사람들이기에 마찰이 생길 수도 있다. 모임 시간이 짧더라도 지속적으로 운영되기 위해서는 회원들의 미묘한 심리를 잡아내고 조율하는 것이 필요하다. 모임 운영에 이런 것까지 필요한지 의문이 들 수도 있겠지만, 운영자를 리더의 관점에서 바라본다면 타당하다고 볼 수 있다. 운영자는 통제하는 사람이 아닌, 모임을 이끄는 리더다.

지금까지 글쓰기 모임 운영의 어려움부터 내공 있는 운영자가 되는 방법까지 알아보았다. 하나 더 추가하자면 운영자가 모임을 바라보는 태도를 들 수 있다. 운영자는 관리자 마인드를 갖고 있어서는 안 된다. 흔히, 모임 운영을 관리 차원에서 접근하곤 하는데 그런 자세는 자칫 통제 권력을 부추길 수 있다. 그보다는 참여자 마인드로 임하는 것이 좋다. 모임을 이끌되 회원의 입장에서 전체를 바라볼 수 있는 통찰력이 필요하다.

운영자는 리더와 같다. 팀으로 출전한 단체 마라톤에서 함께 뛰는 회원이 뒤처지지 않도록 보살펴주면서도 방향을 잡아 유도하는 일을 해야 한다. 주간지 〈시사IN〉에서 토크쇼 진행자 스타일을 평가하는 MC 전현무 씨의 인터뷰를 읽은 적이 있다.

> 신동엽 씨는 자기 콘텐츠가 많은 진행자다. 자체 발광 스타일이라고 할까? 누구 도움 없이도 프로그램을 끌고 갈 수 있다. 유재석 씨는 배려의 리더십이 돋보인다. 전체를 아우를 줄 안다. 한 명도 안 버리고 가려고 한다. 강호동 씨는 유재석 씨와 반대다. 되는 사람을 부각시킨다. 안 되는 사람은 그냥 묻어버린다.
>
> — 〈시사IN〉 400호

모임에서 풍부한 글쓰기 실력으로 회원들의 목적을 만족시켜주는 리더는 신동엽과^처다. 글쓰기에 직접적인 도움을 효과적으로 전달할 수 있는 경우다. 글쓰기와 연계된 자신의 고충이나 노하우를 전달하면서 의미의 공감과 확장을 이끌어내기도 한다. 이런 유형의 리더는 참여자로 하여금 지적 만족을 느끼게 해준다. 회원들의 글에 적극

공감하면서 묵묵히 들어준다면 유재석 스타일이다. 불편한 점은 없는지, 모임에 바라는 바는 없는지 등을 세심하게 챙기기도 한다. 이에 회원들은 해소와 자기 존중을 느낀다. 회원들의 수준 높은 글이 나올 때 크게 칭찬하며 사기를 불어넣는다면 강호동류라고 볼 수 있다. 글쓰기에 방황하는 사람들에게는 부족한 점을 일러주고 방향을 알려준다. 모임 안에 갈등이 생겼을 때 명료하게 정리한다. 모임이 무너지지 않고 신선한 긴장이 유지된다.

글쓰기 실력, 배려와 조율, 카리스마는 글쓰기 모임 운영자의 키워드다. 당신은 어느 쪽인가?

3장

함께 책을 쓴다는 것

한창욱

공저의 다양한
방식들

공저란 말 그대로 함께 책을 쓰는 일이다. 기본적으로 둘 이상의 사람이 함께 협업하여 출간한 출판물에 해당한다. 협업은 서로의 장점을 결합하고 단점을 보완한다. 그래서 함께 책을 쓰게 되면 혼자 글을 쓸 때보다 두렵지 않다. 거대하게만 느껴지는 '작가'라는 타이틀 앞에 기죽지 않고 자신의 글을 쓸 수 있다.

함께 책 쓰기는 장점이 많다. 먼저 글쓰기의 부담을 줄일 수 있다. 글쓰기란 만만치 않은 작업이다. 때로는 종이 한 장 채우는 것도 버겁게 느껴진다. 부족한 글솜씨, 글감의 한계가 글쓰기를 힘겹게 한다. 공저를 하게 되면 이런 부담감이 대폭 줄어든다. 공저자들은 각자의 역할에만 집중할 수 있다.

함께 책을 쓰면 아이디어를 확장하기도 쉬워진다. 글을 쓰다 보면 글의 방향이나 글감에 대한 아이디어가 부족해 막막해지는 경우가 종종 있다. 공저는 이러한 한계를 돌파하기에 좋은 방법이다. 공저자들끼리 모여 서로의 글을 검토하고 토론하면서 새로운 아이디어를 창출할 수 있다.

공저는 글의 허점을 보는 데도 큰 도움을 준다. 혼자 쓰다 보면 자기 글을 객관적으로 보기 힘들어진다. 어디가 어떻게 잘못된 것인지 판단하기 어렵다. 이때 필요한 것이 '훈수' 두는 사람이다. 그렇다고 아무나 훈수를 두게 놔둘 수는 없다. 믿을 만하면서도 자주 소통할 수 있는 사람이 필요하다. 즉 편집자와 같은 사람이 필요하다. 공저자는 함께 책 쓰는 과정에서 서로에게 든든한 편집자가 될 수 있다. 보완할 점과 미흡한 점들을 찾아 공유하다 보면 책을 더욱 알차게 구성할 수 있다. 이는 원고가 진짜 편집자에게 넘어가기 전에 전체 내용을 검토해볼 수 있는 좋은 기회를 제공한다.

또한 공저는 목표 의식을 공유할 수 있게 한다. 공저 작업 그 자체가 글을 쓰는 동력이 되는 것이다. 공저자들과 약속한 마감 날짜가 있으니 이를 지키기 위해 고군분투하다 보면 어느새 글이 써진다. 이렇게 공저 작업은 각 공저자가 지닌 책임을 상기하면서 자신의 글을 꼭 써야만 하는 상황을 만들어낸다.

공저는 여러 형태로 나뉜다. 이는 주로 공저자들이 어떤 방식으로 서로 협력하느냐에 따라 달라진다. 그 방식에는 각기 장단점이 있으며 서로 섞일 수도 있다. 공저자들은 글의 특성, 효율성 정도, 일관성 정도, 함께 의논할 수 있는 환경이 어떤지 등을 고려해서 책을 쓰는 방식을 선택해야 한다.

먼저 공저는 평행하게 구성될 수 있다. 각 저자에게 맞는 주제와 내용, 분량을 나눈 뒤, 나중에 글을 모두 모아 병치하는 방식으로 최종 원고를 완성한다. 이는 단행본을 구성할 때 많이 취하는 방식이다. 하지만 잘 계획하지 않으면 각 공저자들이 다른 공저자들의 집필 내용을 잘 모르게 되거나, 각 공저자의 집필 내용이 겹칠 확률도 높다. 공저자들의 문체가 서로 달라 구성이 산만해질 위험도 있다.

평행 구성과 비슷하면서도 조금 다른 방식도 있다. 이 방식에서는 공저자들이 먼저 각자가 맡은 주제의 원고를 제출한 뒤, 대표 저자가 각 원고의 일부를 전체 책 안에 배치하여 최종 원고를 완성한다. 이는 방대한 자료를 다루어야 할 때 유용하다. 연구 논문에 어울리는 방식이기도 하다. 하지만 대체로 평행 구성과 비슷한 단점을 지니고 있으며, 잠재적 정보량이 많아져 정리하는 데 시간이 오래 걸린다.

공저는 순차적으로 구성되기도 한다. 공저자 중 한 사람이 책의 일부분이나 초고를 먼저 집필한 뒤, 나머지 공저자들이 다른 부분을 순차적으로 채우거나 수정함으로써 최종 원고를 완성한다. 공저자가 서로 만나거나 함께 상의하기 어려울 때 좋은 방식이다. 비교적 단순한 내용을 다룰 때 유용하다. 하지만 공저자끼리 서로의 생각을 공유하기가 힘들어진다는 단점이 있다. 전체 맥락에 맞지 않는 버전이 나올 가능성도 있다. 그러므로 각 버전을 관리하는 데 각별히 신경을 써야 한다. 게다가 공저자 중 한 사람이 일을 미루면 그것 때문에 전체 일정에 차질을 빚을 수도 있다.

공저자들이 함께 모여서 토론하여 책을 집필하는 것도 공저의 방식 중 하나다. 이는 집필 과정에서 공저자들의 합의가 중요할 때 유용하다. 서로 의논하여 집필하기 때문에 브레인스토밍이 자연스럽게 이루어져 창의적 글쓰기를 유도할 수 있다. 하지만 서로의 의견을 통합하기 힘들다는 단점이 있다. 최종 결정권자를 정해놓는 게 좋다.(『Building a taxonomy and nomenclature of collaborative writing to improve interdisciplinary research and practice』, 폴 벤자민 외 지음, 2004) 이는 시나리오 작가들이 영화 시나리오를 집필할 때 사용하는 방식이기도 하다.

한 사람이 전체 글을 감독하는 방식으로 공저가 진행되기도 한다. 전체 글을 총괄하는 사람이 있어 글의 일관성을 유지하기에 좋다. 이 방법은 비교적 단순한 내용을 다룰 때 유용하다. 하지만 공저자 모두의 동의를 얻어 진행하는 것이 아니어서 각 공저자의 의도와는 무관하게 전체 글이 구성될 수 있다. 이 방식도 시나리오나 드라마 대본을 쓸 때 많이 쓰인다.

이 외에도 공저자들이 각 주제에 맞게 초고를 쓴 다음 한 사람이나 둘 이상의 공저자가 초고를 편집하고 수정하는 방식도 있다. 인터뷰집과 같이 한 사람이 구술한 뒤 다른 사람이 글을 옮겨 적는 것도 공저의 일종이다.(『Singular Text/Plural Authors: Perspectives on Collaborative Authoring』, 런스포드. A. 지음, 1990)

글의 주제와 글쓰기 환경에 맞게 알맞은 방식을 선택해 공저 작업을 한다면, 공저는 좋은 집필 경험이 된다. 하지만 공저를 성공시키려면 공저자들의 책임 의식과 소속감이 필수적이다. 공저자로서의 소속감은 전체 글을 조직하는 데 있어 매우 중요한 부분이다. 소속감이 바탕에 깔려 있어야 공저자가 더욱 적극적으로 집필 과정에 참여할 수 있기 때문이다. 이런 소속감을 발판 삼아 각 공저자들은 지향하는 공통의 목표와 관심을 인지하면서 때에 따라서는 다양한 아이디어를 제시하는 적극성도 보여주어야 한다.

공저의
기쁨과 어려움

　　나에게는 실패한 공저와 성공한 공저가 있다. 두 번의 실패와 두 번의 성공이 있었고, 『이젠, 함께 쓰기다』가 출간되면 세 번째 성공을 맞이하게 될 것이다. 여기서 성공과 실패는 책이 잘 팔렸느냐 아니냐를 두고 판가름되지 않는다. 책의 판매 부수와는 상관없이 나에게 공저의 성공과 실패는 책이 출간이 되었느냐 아니냐로 판단된다. 공저자로서 의무를 다하여 책 출간하는 데까지 마쳤으면 공저는 성공한 것이고, 공저자로서 의무를 미처 다하지 못하고서 책을 출간하지 못한다면 그것은 실패한 공저이다.

　　그렇다면 공저는 어떤 상황에서 실패하게 되는 것일까? 나는 두 번의 공저에서 실패를 맛보았다. 하나는 글쓰기에 관한 것이었고, 또 다른 하나는 나의 주력(?) 분야인 영화에 관한 것이다.

　　실패의 첫 번째 요인은 콘텐츠 부족에 있었다. 글쓰기 책을 공저로 했을 때 우리는 직장인들을 대상으로 한 글쓰기 책으로 기획 방향을 잡았다. 직장인들에게 글쓰기가 개인의 성공 여부를 떠나 삶에 만족감과 행복을 가져다줄 수 있다는 취지의 기획이었다. 글쓰기를 두려워하는 초심자나 글은 쓰고 싶은데 동기부여가 어려워 꾸준하게 글을 쓰지 못한 사람들을 대상으로 한 것이다. 공저자들은 함께 모여 기획 방향을 의논하고 기존의 글쓰기 책과 차별화할 수 있는 방안도 함께 의논했다. 그 결과 실제 글 쓰는 직장인들의 경험을 토대로 하자는 의견이 나왔다. 그 의견을 따라 글 쓰는 직장인들을 섭외해 인터뷰도 진행해보았다. 책에 들어갈 내용 한 두 꼭지를 써서 앞으로 진행 방향을 의논하기도 하였다. 하지만 인터뷰 내용을 정리하는 것 이상의 다른 콘텐츠를 발굴할 수 있는 여력이 되지 않았다. '이렇게 글 쓰면 된다'라는 식의 책이 이미 많이 나와 있는 상태인 데다 공저자들 모두가 글쓰기를 전문적으로 공부한 상태가 아니어서 원론적인 내용만 나열될 가능성이 컸다. 이렇게 새로운 내용을 추가하지 못하자 집필의 힘을 잃고 말았다.

두 번째 요인은 기존 책과 차별화하는 데 실패했다는 것이다. 영화 책을 기획했을 때, 우리는 사람들의 삶에 직접 닿을 수 있는 내용으로 채우려고 애를 썼다. 좋은 영화를 소개하는 것을 넘어서 그 영화들이 삶을 성찰하는 데 큰 울림을 줄 수 있도록 노력했다. 공저자들은 주기적으로 글을 썼다. 각자가 판단하여 좋은 영화를 고르고 그 영화가 우리 삶과 어떤 관련이 있는지 써보았다.

초반에는 분위기가 좋았다. 미흡한 점은 많았지만 글을 쓸수록 앞으로 우리가 가야 할 방향이 더욱더 명확해지는 느낌을 받았다. 글의 내용도 더욱 풍성해졌다. 하지만 문제는 기존의 영화 소개 책과 뚜렷하게 차별화가 되지 않았다는 것이다. 저자가 의미 있다고 판단한 영화를 소개하는 책은 기존에도 많았다. 우리는 '영화 소개'라는 틀을 벗어나 다른 무언가를 더 만들지 못하였다. 결국 기존 책과 차별화하는 데는 실패하면서 영화책 공저 프로젝트도 수면 아래로 잠겨버렸다.

공저의 실패에서와 같이 성공에서도 뚜렷한 요인이 있다. 첫 번째 요인은 두 번의 공저에 모두 전체 집필 상황을 정리하고 진행하는 주요 공저자나 진행자가 있었다는 것이다. 두 번의 공저 책 모두 공저자가 각기 맡은 분량을 집필한 뒤 한꺼번에 모아 최종 원고를 완성하는 방식으로 진행되었다. 주요 공저자나 진행자는 목차를 확인하여 다른 공저자에게 배분하고, 글 분량을 확인하였다. 집필을 진행하는 진행자가 있다 보니 공저자들은 글을 써야 한다는 동기부여를 강하게 받게 된다. 자신의 분량에 대한 의무감과 책임감으로 어떻게든 집필을 완료해내는 것이다. 이는 공저의 성공에서 리더십과 팔로우십이 꽤 중요한 부분을 차지하고 있다는 것을 알려준다. 리더십과 팔로우십이 적절하게 유지되지 않으면 공저자들의 결속력은 다져지기 힘들다.

성공의 두번째 요인은 두 번의 공저 주제가 모두 비교적 많은 내용을 포괄할 수 있었다는 점이다. 나의 첫 번째 공저는 책 읽기에 관련한 주제였고, 두 번째 공저는 애도에 관련한 주제였다. '책 읽기', '애도'와 같이 광범위한 주제가 선정되다 보니 공저자들이 담을 수 있는 내용의 범위도 늘어났고, 그만큼 글쓰기 부담도 줄어들었다. 구체적이고 세밀한 주제가 아니라서 공저자들끼리 내용이 겹칠 위험도 적었다. 그만큼 콘텐츠를 확보할 수 있는 여유가 많았던 것이다.

공저에서 무엇보다 중요한 것은 공저자가 함께 모여 다른 이의 분량을 읽는 과정이다. 『당신은 가고 나는 여기』 집필 당시 공저자들은 모임을 통해 다른 저자가 어떠한 주제와 소재로 글을 쓰고 있는지 확인할 수 있었다. 이는 글의 방향을 점검할 수 있는 좋은 기회였다. 다른 이의 글과 비교하며 공저의 맥락 안에서 교집합과 여집합이 어디에 있는지 볼 수 있기 때문이다. 이는 공저자가 책을 완성하는 과정에 애착을 느끼게 하는 좋은 방법이기도 하다.

공저를 경험하면서 무엇보다 나도 저자가 되었다는 사실에 큰 기쁨을 느꼈다. 혼자 힘으로는 할 수 없는 과제들을 함께 이루었다는 뿌듯함도 있었다. 그렇다고 공저가 만만한 작업은 결코 아니었다. 자기 글만 던져놓고 책을 내주기를 기다리는 것은 공저자로서 무척 소극적인 태도라는 것을 깨달았다. 공저자에게는 함께 집필하는 책이 어떠한 방향으로 나가고 있는지 함께 고민하고 적극적으로 의견을 제시할 책임이 있다. 기존의 책과 유사한 점과 다른 점에 주목하면서 차별화를 꾀해야 하는 것도 공저자들의 공통된 책임이다. 만약 책이 좁은 주제 범위 안에서 심도 있는 내용을 다룬다면 공저자들끼리 책 안에 들어갈 내용을 사전에 협의하는 것도 매우 중요하다. 그러므로 공저자들은 책임 의식을 바탕으로 적극적으로 집필 과정에 뛰어들어야 한다.

함께 콘텐츠를 만들어가는
공저자

    공저의 방식이 다양한 만큼 필요한 상황도 다양하다. 공저를 해야만 하는 경우가 있고, 공저가 필요한 사람들이 있다. 그렇다면 어떠한 사람이 어떠한 경우에 공저를 하면 좋을까?

    무엇보다 먼저 공저는 쓸 내용이 있음에도 그것을 혼자 감당하기 힘들 때 꼭 필요하다. 많은 사람들이 자신의 책을 내기를 바란다. 자신의 책을 낸다는 것은 자신이 하고 싶은 이야기가 있다는 뜻이다. 이른바 '콘텐츠'를 가지고 있거나 '콘텐츠'가 될 만한 것이 무엇인지 알고 있는 사람이다. 자신만의 콘텐츠가 있더라도 단독 저서를 출판하기 위해서는 험난한 과정을 거쳐야 한다. 출판사에서 제의하지 않은 바에야 혼자 기획 과정과 원고 모두를 책임져야 한다. 한 문장 한 문장 쌓아가며 글을 쓰는 것뿐만 아니라 전체 글에 들어갈 내용을 온전히 홀로 감당해야 한다. 그만큼 시간과 노력을 투자하지 않으면 안 된다.

이렇게 큰 투자를 해야 하기에 때로 집필 과정에서 글쓰기 솜씨는 최우선 문제에서 밀려나기도 한다. 글쓰기 솜씨보다 끈기와 성실, 헌신이 필요한 순간이 많기 때문이다. 그래서 자신이 하고 싶은 이야기가 있는데도 책 한 권 분량의 글을 쓰는 게 감당이 안 된다면 지금이라도 당장 공저 작업을 시작해야 한다.

'문장력' 같은 문제는 일단 제쳐두어도 괜찮다. 이는 글솜씨가 기가 막힌 사람을 공저자로 섭외하여 해결해도 된다. 앞서 말했듯이 인터뷰어와 인터뷰이가 진행한 구술 인터뷰를 정리하는 것, 중심 저자와 보조 저자가 서로 협력하는 것도 공저에 속한다. 그러니 두려워하지 말고 자신의 콘텐츠를 이해하고 보충해줄 수 있는 사람이나 유사한 콘텐츠를 확보할 수 있는 사람을 찾아서 함께 책을 쓰면 된다. 과학, 예술, 법률과 같은 전문 분야에 종사하는 사람이거나 일본 애니메이션이나 미국 드라마에 능통한 사람이라면 지금이라도 당장 공저를 통해 자신만의 콘텐츠를 생산할 수 있다.

공저는 또한 비교적 넓은 범위의 주제로 다양한 관점과 소재가 필요할 때 좋다. 여러 저자가 다양한 관점과 소재를 가지고 하나의 중심 주제로 글을 풀어내는 것이다. 이를테면 지금 내가 쓰고 있는『이젠, 함께 쓰기다』나 책 읽기를 다룬『이젠, 함께 읽기다』와 같은 책은 공저로는 안성맞춤이다.『이젠, 함께 쓰기다』에서는 각 저자만의 경험이나 관점이 정해진 분량의 글에 담겨 '함께 쓰기'라는 범주에 들어온다. 그러다 보니 하나의 저자가 감당할 수 있는 경험의 폭을 넘어서서 여러 저자가 자신들의 경험을 풀어낼 수 있게 된다. 공저를 하는 입장에서는 나의 경험과 관점에만 집중해서 글을 쓸 수 있어 부담도 적다. 또한 공통된 주제에 다른 소재와 관점으로 쓰인 다른 공저자의 글이 있어 내 글에 좋은 아이디어를 제공하기도 한다.

자료를 조사하고 모으는 데 시간이 많이 필요할 때에도 공저는 효과적인 집필 방식이다. 만약 누군가의 평전을 쓴다면, 저자는 한 사람의 인생을 샅샅이 조사해야 한다. 이리저리 흩어진 자료도 모으고 사람들을 만나 인터뷰도 해야 한다. 그야말로 많은 시간이 필요한 작업이다. 그래서 공저자가 있다면 같이 자료를 모으고 정리할 수 있어 시간을 대폭 줄일 수 있다. 이처럼 자료조사를 통해 무엇인가를 새롭게 조명하거나 알리는 책이라면 공저가 적합하다. 독자는 공저자들이 모은 자료를 통해 그동안에 몰랐던 사실을 알게 되고 어떠한 현상에 대해 일목요연하게 알 수 있다. 마을 공동체를 알리는 『마을의 귀환』(오마이뉴스 특별취재팀 지음, 오마이북, 2013)과 같은 책이 이런 방식으로 쓰였다. 이 책은 다수의 기자가 각기 다른 공동체를 취재해 하나의 책으로 묶은 것이다. 함께 책을 썼기 때문에 취재에 필요한 발품을 대폭 줄인 덕분에 한국 사회에서 마을 공동체가 주목받고 있는 시기에 시의적절하게 출간할 수 있었다.

다양한 아이디어가 필요하다면, 함께 쓰는 것은 때로 충분조건이 아니라 필요조건이 되기도 한다. 이를테면 영화 시나리오 같은 것이다. 영화마다 다르지만 대체로 조금 규모가 큰 영화들은 여러 시나리오 작가의 손에 거쳐 완성된다. 연출자가 중심이 되어 시나리오를 쓰거나, 한 명의 중심 작가가 연출자와 협업을 하거나, 여러 보조 작가와 함께 집필하기도 한다. 이는 자본이 많이 들어가는 영화 제작 과정에서는 필수적이다. 한 사람이 시나리오를 쓰다 보면 새로운 아이디어를 찾지 못해 진부하거나 억지스러운 설정밖에 나오지 않을 때가 있다. 여러 작가가 쓰면 막혔던 시나리오에 새로운 활로가 뚫릴 가능성이 더욱 높아진다. 이렇게 창조적인 면이 필요한 경우라면 공저는 무엇보다 좋은 선택 사항이다.

소모임을 운영하는 사람도 공저를 기획하기에는 좋은 환경에 있다. 모임에 참여하는 사람들의 이야기를 모을 수 있기 때문이다. 모임의 내용이 곧 책의 콘텐츠가 되기 때문에 책 내용을 채우려고 억지로 글감을 찾지 않아도 된다. 모임 사람들과 같이 공저를 기획하여 집필하는 과정에서 모임의 결속력을 다질 수도 있고, 모임을 더욱 확장해서 바라볼 수 있다.

물론, 이렇게 공저가 필요한 사람들이 공저를 결심했다고 해서 쉽게 책을 낼 수 있는 것은 아니다. 각 공저자에게는 주어진 책임이 있고, 그 책임을 다한 뒤에야 비로소 책이 완성된다. 공저자는 성실하게 마감 시간 안에 주어진 과제를 마무리해야 한다. 그러기 위해서는 시간 관리를 잘해야 한다. 그래야만 공저 작업이 지지부진해지지 않고 앞으로 나갈 수 있다. 하지만 공저자들의 작업 시간이 다르다 보니 정해진 시간 안에 모든 것이 계획대로 진행되기는 어렵다. 이는 『이젠, 함께 쓰기다』의 원고를 쓰고 있는 지금도 마찬가지다. 이 책의 공저자들도 여러 번 마감 연기를 겪어야 했다. 다들 나름 성실하게 집필했지만, 마감 시간 안에 원고를 마무리하지 못한 경우도 많았다. 정말 시간이 없거나 체력이 받쳐주지 않은 상황이 닥쳐서 그런 것이기도 하지만, 시간 관리 실패가 큰 원인이었다.

공저자가 자기 책임을 다하지 못하면 다른 공저자들이 그의 글을 기다려야 한다. 이는 공저 그룹에 치명적인 영향을 끼친다. 한두 번 마감이 연기되다 보면 공저 작업의 집중력이 떨어져 해이해지기 십상이다. '또 마감 날짜 연기하면 되지'라는 생각이 들어서 집필 긴장도가 떨어진다. 그러므로 공저자는 마감 연기에 경각심을 느껴야 한다. 마감 시간에 맞추어 제때 글을 쓰지 못하면 공저의 질도 떨어진다. 다른 공저자가 그 글을 확인할 시간을 확보하기 힘들어 서로의 글을 보완해줄 수 있는 시간도 줄어들기 때문이다. 그러니 공저자는 최선을 다해 마감 시간을 지키도록 노력해야 한다.

공저자에게는 마감을 지키는 것 이외에도 또 다른 면에서 성실성이 필요하다. 공저자는 자신의 글뿐만 아니라 공저 작업 전반에 관심을 두어야 한다. 앞서 말했듯 공저는 협업이다. 협업이 제대로 이루어지기 위해서는 작업 주체들이 서로 자유롭게 아이디어를 주고받아야 한다. 공저자는 책을 완성하는 과정 전체를 보면서 부족한 부분이 있는지 살펴보아야 한다. 때로 공저자는 자기의 부족함을 스스럼없이 드러내어야 한다. 글을 쓰다 보면 글감을 찾지 못해 막힐 때도 있고 전체적으로 어떻게 정리하면 될지 몰라 갈팡질팡하기도 한다. 그럴 땐 다른 공저자들과 함께 상의해서 막힌 부분을 시원하게 뚫어야 한다.

공저 작업에서 리더십과 팔로우십을 잘 유지하는 것도 매우 중요하다. 공저의 중심 기획자는 공저 작업에서도 중심 진행자가 되어 회의와 집필 진행을 주도할 필요가 있다. 공저자들의 집필 상황을 확인하여 집필이 더딘 저자를 독려하거나 재촉하면서 공저 과정의 긴장감을 유지시켜야 한다. 이때 다른 저자들은 중심 기획자의 주도력을 뒷받침하면서 그의 요구를 이해하고 따르도록 최선을 다해야 한다. 문제가 있으면 재빨리 서로 이야기하여 불필요한 오해를 줄여나가야 한다.

성실히 자신의 글을 쓰고, 공저를 집필하는 과정 전반에 관심을 가지며 적극적으로 참여해서 드디어 원고를 편집자에게 넘기고 나면 공저자에게는 또 다른 과제가 주어진다. 직접 편집자의 말을 듣고 그에 반응해야 하기 때문이다. 단독 저서의 경우 저자와 편집자가 함께 이야기할 수 있는 폭이 넓다. 집필 초기 단계부터 이견을 조율하는 과정을 거치다 보면 서로의 성향을 파악할 수 있다. 편집자가 직접 한 명의 저자와 이야기하다 보니 서로 책 전반을 함께 책임지고 있다고 생각하게 된다.

그러나 공저의 경우에 편집자는 다수의 저자를 상대해야 한다. 저자와 편집자의 관계가 단독일 때보다 깊지 않을 가능성이 높다. 편집자는 공저자의 집필 스타일을 잘 알지 못할 수도 있고, 공저자도 편집자의 편집 방향을 잘 인지하지 못할 수도 있다. 그러다 보면 공저자와 편집자 사이에 오해가 생길 가능성도 있다. 하지만 공저자라도 먼저 적극적으로 의견을 구한다면 의사소통의 여지는 커진다. 그리고 이때 공저자는 편집자의 의견을 최대한 귀 기울여 듣는 것이 좋다. 자신의 집필에 집중해왔던 저자와는 달리 편집자는 책의 전체 맥락 속에서 각 공저자의 글을 더욱 객관적으로 볼 수 있는 사람이기 때문이다.

CHAPTER 2

다양한 글쓰기 모임과 운영 노하우

4장

글쓰기 습관을 들여주는,
100일 글쓰기

최진우

100일 글쓰기
곰사람 프로젝트

제 100일 글쓰기를 점수로요? 음… 5점이요! 100일을 완주해서 기
뻐요. 그 자체로 제게 만점 주고 싶어요. 처음에 별로 기대하지 않
았어요. 시작은 꽤 즉흥적이었어요. 끝나고 나니까 운명적으로 이
걸 만났고 '계속 해나가야겠구나' 이런 생각도 들고. 글 쓰려면 시간
이 들긴 하지만, 죽을 때까지 하면 좋은 취미? 삶의 일부분? 그런 거.
무거운 짐을 정리할 수 있는 기회였어요. 내면을 들여다보는 굉장히
좋은 시간이었다고나 할까… 내 안에 숨어 있던 욕망을 보게 되었으
니까요. 내면을 보는 일이 불편한 일이잖아요? 글을 쓰기 싫었던 순
간을 가장 피하고 싶었어요. 마지막쯤 되니까 '회피하지 말고 가야
겠다. 나한테 이게 필요하구나. 더 써야겠구나.' 이렇게 생각했죠. 제
가 눈물이 많지 않은데 다른 분 글 보면서 운 적이 많아요. 효원 님
천배 절하는 글 보면서 감히 댓글을 달 수 없을 정도로 마음을 이해
하게 되었어요. 제 주변 어른들과는 다른 느낌이었어요. 저렇게 살

면 좋겠다는 생각. 젊은 분들 글도 생각나요. 전 다른 사람들에게 관심이 없었거든요. 글 쓰면서 시선이 따뜻해졌어요. 함께 글 쓴 친구들에게 긍정적인 영향을 받았어요.(100일 글쓰기 완주자 김민정)

100일 글쓰기 모임 마지막 날 민정 씨가 울먹였다. 100일 완주를 기뻐하며 "댓글만이 아니라 사실은 조회 수도 체크했다, 술 마시다 글쓰기 위해 집에 간다고 하면 욕먹었다, 3주 쓰면 잘한 거라고 생각했는데 100일 다 채웠다" 등 왁자지껄 이야기가 나온 후 말수 적은 민정 씨가 소회를 밝혔다.

이어 하추자 씨가 말했다. "하다가 하루 빠지면 되지 생각했는데 100일을 썼어요. 초과 달성한 셈이죠. 사람들이 제 얼굴이 편안해졌다고 해요. 40년을 정리하지 못하고 살았던 것을 100일 동안 쏟아부었어요. 비우니까 다른 게 들어왔어요. 마음을 덜었어요. 상당히 만족스러워요. 저를 칭찬해주고 싶어요." 계속해서 최한나 씨가 말했다. "제가 사람에게 정을 잘 못 주는데 친밀감이 생겼어요. 뭐 그렇다고 엄청 끈끈하지는 않지만, 적당한 거리감이 정말 좋아요. 다른 글쓰기 모임에서는 느낄 수 없는 감정이에요. 독자가 있다는 게 너무 좋았어요. 블로그를 해서 매일 쓰는 것은 어렵지 않았지만 누구도 읽지 않는다는 생각에 외로웠거든요. 내가 왜 이런 데 에너지를 투자해야 하나 이런 생각도 들었고. 이렇게 함께 쓰니까 나 혼자 멈추면 안 되겠더라고요."

이 같은 고백을 이끈 100일 글쓰기가 무엇인지 구체적으로 살펴보자. 100일 글쓰기 강의를 하다 보면 정말 매일 써야 하는지 묻는 분들이 있다. 아마 주어진 100일 동안 원하는 날에만 글을 쓰는 것으로 착각해서 한 질문인 듯하다. 좀 더 정확히 말하자면 100일 글쓰기는 100일 동안 하루도 빠짐없이 글을 쓰는 것을 말한다.

기본적으로 온라인 카페에 매일 글을 올리고 서로 격려하며 100일을 함께한다. 2주에 한번 꼴로 100일 동안 약 8회의 오프라인 모임도 병행하는데, 상황에 따라 온라인만으로도 이루어질 수 있다. 이 경우, 온라인 100일 글쓰기는 공간 제약 없이 누구나 참여할 수 있는 장점이 있다. 오프라인 모임에서는 글 쓰는 동료를 직접 만나 글쓰기 즐거움이나 어려움 등 소회를 나누기도 한다. 온라인 카페에서 주고받는 댓글보다 좀 더 친근하고 직접적인 글쓰기 동력을 공급받는 기회이기도 하다.

도대체 100일 동안 글을 쓰면 무엇이 좋을까? 수업 첫 시간에 이 질문을 하면 대부분 이렇게 답한다. 글을 잘 쓰게 되는 것이 아니냐고. 물론 글쓰기 능력이 향상되는 것은 사실이지만 그것은 개인마다 편차가 있기 때문에 모두 그렇다고는 볼 수 없다. 글쓰기 실력을 높이기 위한 것이 100일 글쓰기의 핵심 목표는 아니다. 100일 글쓰기를 하면 무조건 글쓰기를 잘할 수 있다고 말하는 것은 어딘지 사기성이 느껴진다. 몇 년 전 숭례문학당에서 '100일 글쓰기 곰사람 프로젝트' 기획안을 짜기 위해 인터넷 자료를 검색하다가 이런 홍보문을 발견했다. "100일 동안 글을 쓴 뒤에는 어떤 글도 자신 있게 쓸 수 있습니다. 글쓰기 두려움에서 벗어나 거침없이 글 쓰는 여러분을 만날 수 있습니다." 난 모니터를 보고 처음엔 웃음이 나오더니, 다음엔 기가 차서 아무 말도 안 나왔다. 심지어 이런 광고 문구를 낸 사람에게 화가 났다. 100일 썼다고 어떻게 글을 자유자재로 쓸 수 있겠는가.

기생충 박사로도 알려진 서민 교수는 〈경향신문〉에 고정 기고 칼럼을 쓸 수 있게 되기까지 10년이 넘는 세월이 필요했다고 말했다. 1년에 책 100권을 읽으며 매일 3~4편의 글을 10년 넘게 썼더니 〈한겨레〉에서 글 한번 써보겠냐고 연락이 왔단다. 그러겠다고 덜컥 오케이를 한 후 죽 쓰는 칼럼만 쓰다가 결국은 자의 반 타의 반 잘렸다. 몇 년을 절치부심한 후에 〈경향신문〉에서 글 의뢰가 들어왔고 지금은 '잘리지 않고' 잘 쓰고 있단다. 그는 몇 권의 단행본도 출간했다. 이제 그는 글 좀 쓴다고 자평한다. 그가 이렇게 되기까지는 무려 10년이 넘는 시간이 필요했다. 그런데 100일 동안 글을 써서 일필휘지 문장가가 되겠다는 생각은 글쓰기를 너무 쉽게 보는 것이 아닌가 하는 생각이 든다. 글쓰기도 기술이 필요하다고는 하지만 마음과 가치관을 담는 글을 짧은 시간에 이루기는 쉽지 않다.

그렇다면 100일 글쓰기의 주요 목적과 효과는 무엇일까? 이를 설명하기 위해선 어떤 사람들에게 100일 글쓰기가 필요한지, 또 실제로 어떤 분들이 100일 글쓰기에 참여하시는지 알아볼 필요가 있다. '100일 글쓰기 곰사람 프로젝트'를 준비하면서 '과연 100일 동안 글을 쓰겠다고 오는 사람들이 있을까'라는 의문을 가진 게 사실이다. 초고속 속성 과정을 원하는 시대에 100일의 끈기를 요구하는 프로젝트를 감수하겠다는 사람이 있을지 고민했다. 하지만 세상엔 글을 쓰고 싶은 사람들이 많다는 걸 그때 알았다.

그들은 예전에 품었으나 펼치지 못한 글쓰기 로망을 이젠 잃어버렸다고 생각한다. 하지만 바쁜 일상 때문에 차마 꺼내지 못하던 글쓰기 열정을 여전히 지니고 있다. 문학소녀 시절을 보냈지만 결혼 후 가족 뒷바라지하느라 연필 한번 잡아보지 못한 주부부터 책을 읽어도 남는 게 없어 글쓰기에 도전하는 독서가, 일찍이 자영업을 하며 이젠 장성한 두 아들을 키워낸 초로의 남자, 작가의 꿈을 몰래 키우며 자신의 능력에 반신반의하던 30대 중반의 백수를 자처하는 여자, 논문을 쓰면서 자신의 빈약한 글쓰기 실력을 뼈저리게 느낀 박사과정의 건축학도, 아이들에게도 제 삶이 있다며 이젠 자아를 찾기 위해 글쓰기를 선택한 40대 주부, 가족과 밤새 고스톱을 치다 100일 글쓰기가 궁금해서 무심코 접수했다는 말총머리 50대 여인, 회사 기획서 및 보고서 작성에 두려움을 느끼는 40대 직장인, 직업 군인 시절 겪었던 경험을 토대로 자서전을 써보고 싶다던 50대 퇴역 장교까지 다양한 글쓰기 불씨를 가진 분들이 100일을 버티겠다고 왔다. 그들이 원하는 것은 작은 불씨를 살리는 일이다. 그럼 이분들에게 100일 글쓰기는 어떤 도움을 줄 수 있는가? 그것이 바로 100일 글쓰기의 목적이 될 것이다.

무엇보다 글쓰기 습관 들이기다. 맥스웰 몰츠라는 성형외과 의사는 성형수술 후 21일이 지나야 환자가 적응하는 과정을 관찰하면서 '21일 법칙'을 설명했다. 습관 형성에 최소 21일이 걸린다는 얘기다. 몇 년 전 한 다큐멘터리에서는 실험을 통해 학생들의 습관 형성 기간이 66일이라는 것을 증명한 적이 있다. 학자나 인지과학자들이 주장하는 습관 형성 최소 기간을 살펴보면, 개개인마다 차이는 있겠지만 대개 100일에 훨씬 못 미친다는 걸 알 수 있다. 다시 얘기하면 100일은 습관을 키우는 데 충분한 기간이다. 100일 동안 글을 쓰고 나면 웬만해선 글쓰기를 멈출 수 없다. 쓰지 않고 하루를 넘기면 뭔가 허전하고 아쉬운 마음이 들어 다음 날 글을 쓰게 되는 습관. 그것을 키우는 것이 100일 글쓰기의 시작이자 최종 목표다.

그렇다면 100일 글쓰기를 완주한 사람들은 실제로 어떤 효과를 느꼈을까? 그들의 목소리를 들어보자.

매일 글을 쓰다 보니 항상 주변을 관찰하게 되었어요. 그냥 스쳐 지나가는 것도 놓치지 않고 잡아챌 수 있는 준비가 됐죠.(박경빈)

회사에서 말대꾸를 잘하게 되었어요.(웃음) 쫓겨날 줄 알았는데 상사들이 저를 좋아하게 되었어요. 상사가 말도 안 되는 말을 하면, 전에는 듣고 속으로 '왜 저래?' 그랬는데 이젠 제 소신을 뚜렷하게 말해요. 그런 제 자신이 마음에 들어요. 글을 쓰면서 생각이 정리되고 자신감이 생겼어요. 글쓰기를 하면 말대꾸가 늘어나요.(웃음)
(이아름)

시간을 굉장히 아껴 쓰게 되었지요. 전에는 회사 일을 집에까지 가져오든가, 빈둥댔는데, 글을 쓰기 시작하면서 글쓰기 생각이 하루 종일 따라다녀요. 집중해야지, 글감 찾아야지, 하루하루 글에 매여 산 것 같아요. 어쩔 수 없이 시간을 아껴 쓰게 되더군요.(이진일)

이쯤에서 이런 생각이 들 수도 있다. '100일 동안 글 쓴 것 가지고 왜 그리 호들갑이야? 그 정도는 누구나 할 수 있는 것 아니야?' 하고. 결론부터 말하자면 누구나 할 수 있는 게 아니다. 훌라후프가 다이어트에 좋다고 해도 100일 동안 쉬지 않고 하기란 쉽지 않다. 몸에 안 좋은 담배도 끊겠다고 결심한 후 100일을 넘기기가 생각보다 힘들다. 할 수는 있지만, 결코 쉬운 일이 아니다. 100일 글쓰기 역시 마찬가지다.

기적의 100일을 기약하며 시작해보지만 막상 닥쳐보면 고난이 엄습하기 마련이다. 하루에도 여러 번 변덕스럽게 바뀌는 게 사람 마음이고, 100일 동안 어떤 상황이 일어날지는 아무도 모른다. 실제로 100일 글쓰기 중에 남자친구와 헤어진 이도 있었고, 연말연시에는 보직이 변경되어 눈코 뜰 새 없이 바쁜 날을 보낸 회사원도 있었다. 덜컥 100일 글쓰기를 시작하고 결혼하신 분도 있었고, 생각지 못한 사업 확장을 위해 동분서주할 수밖에 없었던 쌀국숫집 사장님도 있었다. 100일은 상황과 감정이 수시로 변할 수 있는 예측불가의 기간이다. 그래서 100일 글쓰기는 쉽지 않다.

물론 100일 글쓰기는 혼자 할 수도 있다. 블로그나 페이스북에 매일 글을 올리는 것도 가능하다. 하지만 실제로 혼자 글을 쓰면 오래 버티지 못하는 경우가 많다. 의지 부족일 수도 있고, 생활이 바빠서 글을 쓸 틈이 나지 않아 포기할 수도 있다. 혼자보다는 함께 모여 글을 쓰면 100일을 완주할 가능성이 훨씬 높다. 실제로, 100일 글쓰기 수업에서 100일째 되는 날 글쓰기 토론을 하면, 대다수는 100일 글쓰기를 하면서 가장 큰 힘이 되었던 것이 함께 쓴다는 사실 그 자체였다고 말한다. '다른 분들은 글을 다 올렸는데 나만 안 쓰면 안 되지'라는 생각이 들어 노트북을 켜고 책상에 앉게 되었다는 것이다.

'100'은 마법의 숫자다. 단군신화에 나오는 웅녀도 100일 동안 동굴에서 쑥과 마늘을 먹으며 버티면 사람이 될 수 있다는 말을 들었고, 21세기인 지금도 수험생의 합격을 기원하는 100일 기도를 쉽게 볼 수 있다. 아기가 태어나면 백일잔치로 생명의 건강함을 축하하고, 새로 사귀기 시작한 커플도 100일을 기념하며 사랑이 오래가기를 소망한다. 100은 시작과 결실을 담보하는 꽉 찬 숫자다. 이런 100일을 함께하며 글 쓰는 습관을 기르는 것이 바로 100일 글쓰기다.

100일 동안
포기하지 않는 방법

앞에서 100일 글쓰기가 어떤 효과를 가지고 오는지, 아울러 실제로 참여한 사람들의 사례도 함께 살펴보았다. 그럼 100일 글쓰기는 어떻게 시작하면 될까? 마음먹었으니 당장 쓰기 시작하면 되지 않느냐고 생각할지 모른다. 하지만 100일은 생각보다 긴 시간이다. 예상치 못한 우여곡절을 겪고 감정의 기복을 타다 보면 하루 이틀 글쓰기를 빠뜨릴 수 있다. 한 번 글쓰기를 쉬다 보면 열흘, 한 달은 훌쩍 지나간다. 매일 쓰기는 이미 물 건너간 상태인 것이다. 큰일을 수행하기 전에 크게 심호흡을 하는 것이 필요한 것처럼 100일 글쓰기를 시작하기 전에도 필수적으로 해야 할 일이 있다.

먼저, 몸을 풀어주는 단계가 필요하다. 야구에서 선발투수는 시합 전에 반드시 워밍업을 한다. 경기 중간에 투입되는 미들맨들도 마운드에 오르기 전에 준비운동을 한다. 100일 글쓰기에서도 워밍업은 필수다. 워밍업 글쓰기는 대업을 시작하기 전에 스스로에게 치르는 의식인 동시에 본격적으로 들어가기 전에 적응을 위한 맛보기다. 워밍업은 개인에 따라 다를 수 있지만 약 2주 정도면 적당하다. 약 3~4일에 한 편씩 모두 3~4편 정도를 써본다면, 이후 100일 글쓰기는 어렵지 않게 시작할 수 있다. 다음은 워밍업 글쓰기의 구체적인 예다.

워밍업 글쓰기 진행 과정의 예

단계별	주제	비고
1단계	100일 글쓰기 각오	100일 글쓰기 출사표
2단계	좋아하는 책 구절 발췌하기	발췌와 이유
3단계	영화 느낌 글쓰기	인상적인 영화 대사
4단계	자유 주제 글쓰기	쓰고 싶은 이야기 쓰기

100일 글쓰기에 대한 각오는 자신의 의지를 다진다는 면에서 출사표 역할을 한다. 나뿐만 아니라 함께 글 쓰는 동료에게 100일을 시작한다는 공표의 성격을 갖기도 한다. 또 100일 동안 자신에게 언제든지 엄습해올 고비를 헤쳐나가는 데 큰 도움을 준다. 힘들고 지쳐 글쓰기가 싫어질 때 이 글을 다시 읽고 출발선에 선 과거의 나를 기억하게 해준다. 때론 출사표가 삶의 희망과 연결되는 경우도 있다.

난임으로 시험관 수술을 몇 차례 받은 어느 주부는 100일 글쓰기 각오를 이렇게 적었다. "네가 오는 날까지, 여기서 글을 쓰며 기다릴게." 아기를 갖기 위한 신실한 엄마의 마음으로 글쓰기를 시작하겠다는 의지가 엿보였다. 물론 이분은 100일을 성실하게 완주하셨다. 정년퇴임 후 100일 글쓰기를 도전하시는 분은 이렇게 쓰셨다. "서평을 쓰고 기회가 오면 강의도 하고 싶다. 나아가 책을 쓰는 저술가와 강연자로 여생을 보내고 싶다. 사실 지금 나는 독서도 글쓰기도 초보자 수준이다. 그러나 포기하지 않을 생각이다. 내가 좋아하고 원하는 일을 하기 위해서는 반드시 치러야 할 고통이 있다. 꾸준한 글쓰기 습관을 익히는 것은 그중 가장 중요한 일일 것이다. '100일 글쓰기 곰사람'을 나의 소중한 꿈을 실현하는 출발점으로 삼고 싶다." 100일 글쓰기 각오를 다지면서 자신의 꿈을 구체화시켰다. 이분은 100일을 무사히 마치고 책을 쓰고 강의도 하신다. 이처럼 출사표는 꿈을 이뤄주는 기점이 된다.

100일 글쓰기 각오에 이어 인상 깊게 본 책이나 영화를 글감 삼아 가볍게 글을 써보는 것도 좋다. 느낌이나 감상을 쓰기가 힘들다면 발췌한 부분이나 영화 대사를 옮겨 적고, 그 부분에 마음이 간 이유를 간단히 적으면 꽤 괜찮은 한 편의 글이 된다. 앞으로 채워넣을 100일 글쓰기에 자신감을 가질 수 있다. 워밍업 글쓰기의 마지막으로 자유 주제로 글을 써보면 100일 글쓰기의 감을 익힐 수 있다. 무엇을 써야 할까, 라는 생각이 참가자들을 100일 동안 괴롭힐 수 있는데, 이 부분을 미리 체험하면 100일 글쓰기 정신 무장에 꽤 도움이 된다. 아무 생각 없이 100일 글쓰기를 시작하면 중도에 포기하기 쉽다. 호랑이가 토끼를 잡을 때에도 혼신의 힘을 다할 때 성공하듯이, 100일 동안 닥쳐올 시련을 생각하고 준비하고 고민할 때 완주를 할 수 있다. 워밍업 글쓰기는 차가운 물에 들어가기 전 몸에 조금씩 물을 끼얹는 것과 같다. 100일 적응을 위해 반드시 필요한 단계다.

워밍업 글쓰기로 100일 글쓰기의 경건한 의식과 맛보기를 체험했다면 출발하기 전에 마지막으로 서로에게 약속을 하는 것이 중요하다.

100일 글쓰기 진행 규칙의 예

단계별	주제	비고
1단계	매일 쓰기	100일 목표
2단계	일정량 이상 쓰기	200자 원고지 2장 이상
3단계	하루 마감 지키기	그날 밤 자정
4단계	다른 이의 글에 댓글 달기	하루 1개 이상 관심 댓글

먼저, 매일 쓰기라는 사실을 다시 한 번 인식해야 한다. 100일 글쓰기를 시작하는 사람들 중에는 80일이나 90일을 목표로 하는 이들도 종종 있다. 어차피 100일을 지키지 못할 것이라 판단하고 자기만의 목표를 세우는 경우인데 별로 좋지 않은 생각이다. 최후의 방법인 발췌나 필사를 하더라도 빠뜨리지 않고 매일 써야 한다. 100일 글쓰기의 목표는 글 쓰는 습관을 키우고자 하는 것이기 때문이다. 또 자신과의 타협이 함께 쓰기의 분위기를 해칠 수도 있다. 늦은 밤 카페 게시판에 매일 올라오는 글을 보고 자극을 받아 눈을 비비고 글을 썼다는 분들도 있다. 나의 100일 목표는 '우리'의 100일 성공

을 부른다.

그리고 하루에 쓸 분량을 정해야 한다. 그렇지 않으면 매일 쓰겠다는 각오는 공염불이 될 수 있다. 자발적 과제 이행을 위해서 구체적인 양을 설정해놓자. 그날의 목표를 채우기 위해서라도 노트북을 켜게 된다. 이때 너무 많은 양을 정해놓으면 압박감에 시달려 그날 글쓰기를 포기하게 만들기도 한다. 설령 오늘 글을 썼다 해도 내일은 지칠 수 있다. 200자 원고지 2장 정도가 적당하다. 한글 10포인트로 A4 용지 약 8줄을 채울 수 있는 분량이다. 너무 적지 않느냐고 반문할 수도 있는데 결코 그렇지 않다. 이 정도 분량이면 특정 주제에 관한 단상도 가능하다. 주제 제시—긍정적으로 본 부분과 근거—부정적으로 본 부분과 근거 등이 각각 2~3줄로 구성된 세 문단은 명쾌한 비평이 된다. 부담 없이 쓰다 보면 글쓰기에 흥미를 가질 수 있고, 자연스럽게 분량도 늘어난다. 하지만 중요한 것은 양이 아니라 연속성이다.

매일 글을 쓰기 위해서는 그날의 마감 시간을 확실하게 정해놓는 것이 좋다. 막연하게 하루에 한 편씩 쓰자고 생각하는 것은 도움이 안 된다. 마감이 없으면 착수가 늦고, 어느새 하루는 지나간다. 그날 자정을 마감 시간으로 정하라. 밤 10시가 되도록 아직 글을 안 썼다면 슬슬 초조해지기 시작할 것이다. TV 앞에 앉아 있다가도 11시쯤 되면 자연스럽게 노트북을 켜는 자신을 발견하게 될 것이다. 마감은 글쓰기의 동력이자 생명이다.

마지막으로 서로에게 댓글을 달아주자. 100일 글쓰기 수업을 진행하면서 하루에 적어도 1개 이상 댓글 쓰기를 강조한 것과 그렇지 않은 경우에 수강생들의 참여율은 크게 차이가 난다. 함께 카페 게시판을 사용한다는 면에서 처음엔 예의 차원의 댓글을 부탁하면 첫날에는 댓글이 폭주한다. 자기 글 댓글에 답을 하다 보면 15개 정도가 달릴 때도 있다. 하지만 3~4일이 지나면 예절의 유통기한이 그만큼이라는 듯 그 많던 댓글은 사라진다. 자기 글을 힘들게 쓴 후, 다른 사람의 글을 볼 여유가 없기 때문이다. 약 50일부터는 함께 쓰는 일이 무색하게 느껴질 만큼 댓글은 급격하게 줄어든다.

댓글 수가 0 또는 1개처럼 이진법화되는 게시판을 보는 일은 씁쓸하다. 많은 사람이 쓰고 있지만 서로의 글은 보지 않는다. 즐거운 글쓰기가 아니라 버팀의 글을 쓰고 있다는 걸 알 수 있다. 100일의 성취가 아니라 오기로 글을 쓰고 있는 것이다. 하지만 예의가 아닌 관심의 댓글을 부탁하면 상황은 달라진다. 댓글의 내용과 질이 다르다. 단순한 격려가 아닌 공감의 글이 올라온다. 몸이 아파 가까스로 글을 써서 올리면 병이 커질 수도 있으니 꼭 병원에 가보라는 댓글이 달린다. 방에 들어서자마자 쓰레기통을 치워 자신이 결벽증이 있는 건 아닌가라는 내용의 글엔 요즘 더럽게 살아서 뜨끔하다, 더러운 것에 무신경한 사람보다는 훨씬 좋다라는 댓글이 달린다. 댓글은 다음 날 글을 쓸 수 있게 하는 동력이 된다.

덧붙여서 100일 글쓰기 상황을 만천하에 알리는 것도 완주를 위한 방법이다. 박경빈 씨는 100일 글쓰기를 시작할 때 주변에 알렸다고 한다. "나 100일 동안 글 쓸 거야." 시간이 흐르면서 주변에서 이렇게 물어왔다고 한다. "아직 끝나지 않았냐?" "아니, 지금 60일째 쓰고 있어." 사람들의 관심에 당당하게 말할 수 있는 것이 글 쓰는 데 큰 힘이 되었다고 한다.

블로그에 100일 글쓰기 게시판을 만드는 것도 방법이다. 매일 올라오는 글을 보기 위해 모여든 블로거들을 발견할 수 있다. 방문자 수가 늘어나는 쾌감에 매일 글을 쓰지 않을 수 없을 것이다.

100일 글쓰기, 무엇을 어떻게 쓸까?

워밍업 글쓰기로 맛을 보고, 지켜야 할 규칙을 살펴보았다. 이제 100일 글쓰기를 시작하는 일만 남았다. 하지만 막상 글을 쓰려 하니 막막하다. 무엇을 써야 하나? 막연함과 당혹감을 해결하기 위해 무엇보다 중요한 것은 100일 글쓰기 목표를 다시 상기하는 일이다.

100일 글쓰기는 글 쓰는 습관을 만드는 프로젝트다. 글을 잘 쓰는 것이 목표가 아니다. 그러므로 무엇을 쓰느냐는 중요하지 않다. 모든 소재와 형식을 100일 동안 글에 담을 수 있다. 실제로 100일 참가자들이 가장 애용하는 글은 하루의 단상이다. 그날 겪은 일과 느낌을 적는 것인데, 일기와 비슷하다. 직장 상사와의 불편한 관계, 이사 가는 상황, 애인과 싸운 일을 소재로 한 글을 자주 보았다. 하루의 평범한 일이 고스란히 기록된다.

기록은 공감을 낳고, 공감은 성찰을 낳는다. 팀장과 이야기만 하면 왜 그렇게 기분이 나쁜지, 팀장뿐만 아니라 내게도 문제가 있는 건 아닌지 생각하게 한다. 단상은 댓글을 불러 모으는 강력한 무기다. 하지만 일기 형식의 글은 쉽게 쓸 수 있다는 매력은 있지만 사유의 폭과 깊이를 키우기엔 다소 한계가 있다. 다양한 체험으로 채워지는 일상은 드물기 때문이다.

개인의 행동반경이 정해져 있다 보면 글의 소재가 바닥날 때가 있다. 이때부터 100일 글쓰기 참여자는 글감 사냥꾼이 된다. 사냥이 원활하지 못할 때는 글감 구걸자가 되기도 한다. 하지만 한 번 써먹은 일상 소재를 재활용하지 않는 이상 글감을 구하기는 힘들다. 이럴 때는 어떻게 하면 좋을까?

체험에서 벗어나는 일을 감행해보면 좋다. 사회학자 지그문트 바우만은 『사회학의 쓸모』(서해문집, 2015)에서 경험과 체험을 구별한다. "경험은 우리가 세계와 교류하면서 '나에게 생기는 일'을 의미합니다. 그리고 체험은 우리가 세계와 조우하는 과정에서 '살면서 내가 겪는 일'을 의미합니다." 체험이 주관적이라면 경험은 객관적이다. 내가 직접 겪지 않은 사실에 참여해서 객관적인 의견을 만들어보는 것은 꽤 매력적인 글감이 된다. 내 주변에서 벗어나 시야를 확장해서 여러 문화 매체를 눈여겨보자. 글감의 빅뱅을 느낄지도 모른다.

드라마를 보고 짧은 비평을 쓸 수도 있다. 매일 미국드라마나 중국드라마를 본 후, 그걸 간단히 평해보자. 전체적으로는 괜찮은데 주인공의 이런 점은 마음에 안 들었다든지, 줄거리는 빈약한데 방송 소품이 근사하다든지, 모두 멋진 글감이 될 수 있다. 좀 더 고급스럽게 신문을 활용할 수도 있다. 마음에 드는 칼럼을 읽고 요약한 후 간단한 소감을 남기는 것도 방법이다. 그날의 이슈를 파악해서 세상 보는 눈을 키울 수 있을 뿐 아니라 요약 훈련까지 할 수 있다.

매체를 책으로 확장시킬 수도 있다. 책을 읽고 독후감이나 서평을 쓰는 일인데, 이 부분이 상당히 중요하다. 글감 부족을 호소하는 일은 글쓰기에 있어 자연스러운 현상이다. 글쓰기는 자신의 생각을 표현하는 일인데, 생각은 저절로 만들어지지 않는다. 머릿속에 무언가가 공급되어, 변형되고 가공되어야만 자신만의 생각이 되는 것이다. 일본 메이지 대학 문학부 교수이자 저술가인 사이토 다카시는 이를 입력과 출력의 관계로 설명한 바 있다. 이때 독서는 훌륭한 입력 방법이 된다. 책을 쓴 작가와 대화하는 일을 독서라 한다면, 독후감이나 서평은 대화를 기록하는 일이다. 인상적인 대화를 좀 더 집중적으로 다루고, 나의 생각을 적어보자. 생각이 정리되는 희열을 느낄 것이다. 매일 수백 권의 책이 쏟아지는 시대다. 독서는 글감을 제조하는 무궁무진한 입력 방법이다.

책을 읽는 데 시간이 걸려 독서 감상문을 자주 올리기 쉽지 않다면, 영화를 보고 리뷰를 써보는 것도 좋다. 심심풀이용 취미도 멋진 글감이 된다. 오랜만에 주말 여행을 다녀왔다면 기록을 남기는 것도 방법이다. 여행 일정과 여행지, 풍경, 음식, 느낌 등을 담아서 글을 쓴다면 역시 근사한 여행기가 된다. 일상의 리뷰 또한 무궁무진하다. 직장 동료들과 점심을 먹은 후에 식당 후기를 써보자. 자기도 모르는 새에 미식가가 될 수도 있다.

오랜만에 동창 모임이 있다면 그것도 역시 글로 남겨보자. 아파

트 반상회에 참여한 소감을 적어도 좋다. 이때 단순히 사실과 느낌을 열거하는 데 그치지 말고 그날 모임이나 맛집, 여행이 왜 좋았는지, 왜 나빴는지를 써보자. 좋았다면 어떤 점이 왜 좋았는지, 아쉬웠다면 무엇이 그랬는지를 생각해서 써보자. 각각 두세 가지의 근거를 세워서 쓰면 그야말로 멋진 일상 비평 글이 된다.

100일 글쓰기를 하는 한 회원의 경우, 넘치는 에너지로 수많은 경험을 한 덕에 글감이 마르지 않았다. 그런데 어느날 단 한 줄을 쓰기가 힘들다며 하소연을 했다. 가만히 살펴보니 그분에겐 글 쓸 시간이 없던 것이었다. 거의 매일 쇼핑이나 박물관 관람, 영화 관람, 주말엔 연극을 보거나 여행을 갔지만, 정작 집에 돌아와서는 피곤한 몸을 가누지 못해 글을 쓰지 못한 것이다. 다음 날 쓰겠다고 다짐하지만 그날엔 또 다른 일정으로 쓰지 못했다. 악순환의 연속. 이럴 땐 글 쓰는 시간과 장소를 정해놓으면 상당히 도움이 된다. 100일 글쓰기를 시작하면 대개 열흘 정도 우왕좌왕하게 된다. 글을 쓰고 카페에 올리는 시간도 들쑥날쑥이고, 출장이라도 가는 날에는 도대체 언제 글을 쓸 수 있을지 막막하다. 자신의 하루 일정과 생활 리듬을 살펴 글 쓰는 시간을 정해놓자. 약 20여일 정도가 지나 '그 시간'이 되면 자신도 모르게 자석에 끌리듯 노트북 앞으로 달려가는 자신을 발견하게 될 것이다.

100일 글쓰기의 효과를 좀 더 얻기를 원한다면 퇴고를 하는 것도 생각해보자. 매일 글을 쓰다 보면 시간에 쫓겨 그날 글을 가까스로 올리는 경우가 많다. 그야말로 초고인 셈인데 자칫하다가는 100일이 끝날 때까지 이어지게 된다. 워밍업 후, 일주일 정도 글쓰기에 적응이 되었다면 과감하게 퇴고를 하자. 방법은 여러 가지가 있다. 오전에 글을 쓰는 경우는 초고 작성 후, 틈나는 대로 자기 글을 고친다. 아마 내용을 첨가, 삭제하거나 문장을 수정하고 심지어는 글의 주제가 바뀌는 경우도 많을 것이다. 두세 번 정도 자체 퇴고를 거쳐 마감 시간 전에 글을 올려보자. 훨씬 완성된 글이 될 것이다. 칭찬의 댓글이 무수히 달릴지도 모른다. 아침에 초고를 쓰기 힘든 경우에는 전날 써서 다음 날 퇴고를 한 후에 올리는 것도 한 방법이다. 초고를 완성한 후에는 바로 올리지 말고 두 번 정도 소리 내어 읽어보자. 문장이 길거나 어색한 부분을 쉽게 발견하게 될 것이다. 그 부분만이라도 고쳐서 올리면 100일 후에는 초고의 완성도가 훨씬 좋아질 것이다.

100일 글쓰기를 시작하면 많은 분들이 상당한 양의 글을 써서 올린다. 그동안 참았다는 듯이 글에 온전히 쏟아붓는다. 예전에 갔던 유럽 여행, 유년 시절의 추억 등 소재도 다양하다. 200자 원고지 20매가 넘는 경우도 있다. 그런데 일주일도 안 돼 글감이 부족하다며 원고지 2매를 못 넘기는 사태가 발생한다. 과욕은 참사를 부른다. 욕심내지 말고 분량을 조금씩 늘려나가는 것이 좋다.

100일 글쓰기는 장거리 달리기와 비슷하다. 단거리와 달리 장거리를 달리기 위해서는 포기하지 않고 결승점을 끊을 수 있는 인내력을 가져야 한다. 힘이 들어도 완주를 위해 참을 수 있어야 한다. 동시에 구간마다 균형 있는 속도를 유지하기 위해서 힘을 조절할 수 있는 절제력도 필요하다. 컨디션이 좋다고 마구 달리면 어느 순간에 가서는 쓰러지기 쉽다. 또 몸 상태가 좋지 않다고 멈춰버리면 다시 뛰기 힘들어진다. 적절하게 힘을 안배할 수 있는 능력이 있어야 한다. 지치지 않고 100일 동안 꾸준히 글을 쓰려면 지구력을 갖춰야 한다. 매일 쓴다는 점에서는 넘치지도 않고 모자라지도 않는 페이스를 유지하는 것도 중요하다.

지금까지 글감을 구하는 방법과 매일 글을 어떻게 써나가야 할지에 대해 살펴보았다. 마지막으로 자기 검열에 대해 살펴보자. 글감이 풍부하고 글 쓰는 시간도 정해놓았지만 하얀 모니터만 보일 때가 있다. 도저히 써지지 않는 초고. 왜 글이 써지지 않을까? 자기 검열에서 그 원인을 찾을 수 있다. 생각을 어디까지 표현해야 하는지 가늠하기 힘들 때다.

이아름 씨는 처음 시작할 때 잘 써야 한다는 압박이 심했다고 했다. 그러다 보니 글을 채우기가 힘들었고, 다 쓴 후에도 카페에 올리기가 어려웠단다. 솔직한 생각보다는 뭔가 추상적인 뜬구름 잡는 내용들로만 채워졌다. 아름 씨는 마음을 바꾸었다. 잘 쓰는 게 중요한 게 아니라 글을 쓰는 게 중요하다고. "계속해서 쓰는 것이 이어지면 좋은 글을 만들 수 있다"는 깨달음을 얻었다고 한다. 마음을 내려놓고 부담감에서 벗어난다면 100일 동안 글쓰기는 그리 어렵지 않다.

100일 글쓰기의 단계별 변화 과정

       100일 동안 글쓰기를 할 때 일어나는 심리 변화를 미리 탐색해둔다면 프로젝트를 수행하는 데 꽤 도움이 된다. 100일 여정 곳곳에 묻어 있는 심리의 시한폭탄을 어떻게 슬기롭게 다스리는가가 관건이다. 모든 사람들에게 획일적으로 적용할 수는 없겠지만 글쓰기를 처음 시작하는 경우 기간에 따라 대체적으로 다음과 같은 심리 변화를 겪는 경우가 많다.

100일 글쓰기 기간 동안의 심리 변화

순서	기간	기간 심리
1	1~14일째	막막, 혼란
2	15~28일째	벅참, 연명
3	29~42일째	적응
4	43~56일째	안심, 자만

5	57~70일째	타성, 회의
6	71~84일째	소진, 무력
7	85~98일째	묵묵, 기대
8	99~100일째	벅참, 감격

위 표는 2주를 한 기간으로 잡고 해당 심리를 작성한 것이다. 중심을 잃지 않고 1~2주를 무사히 넘긴다면 100일 글쓰기를 완수하는 것은 어렵지 않다. 문제는 시작한 지 한 달 이내에 찾아오는 위기다. 긴장하지 않고 무턱 대고 시작한다면 첫날부터 무엇을 쓸지 막막해하다가 그만 마감 시간을 넘기게 된다. 내일부터 써야겠다고 다짐을 해보지만 다음 날도 마찬가지다. 이렇게 하루하루 쌓이다 보면 일주일이 지나가고 곧 글쓰기를 포기하게 된다.

예전에 한국이 출전한 월드컵 경기마다 대량 실점으로 예선 탈락을 한 이유는 초반에 골을 내주었기 때문이다. 미처 진용을 가다듬기도 전에 상대에게 허를 찔려 결국 무너졌다. 100일 글쓰기도 마찬가지다. 심호흡을 하고 첫날을 맞이해야 한다. 아무 대책 없이 시작하면 어이없게 그만두게 된다. 100일 글쓰기 강좌를 수강한 어떤 분은 40일이 넘도록 하루도 글을 쓰지 못했다. 결국 그만두고 다음 기수에 다시 신청했다. 하지만 결과는 역시 마찬가지였다. 처음 찾아오는 막막함과 혼란을 경계해야 한다.

집중하여 초반을 넘겨도 쉽지만은 않다. 다만, 어떻게든 써야겠다는 의지로 버텨나간다. 하루하루 연명하는 시기라고 볼 수 있는데 이는 〈기간 2〉에 해당한다. 보통 이때부터 글을 쓰는 시간, 장소 등을 변경하며 시도해본다. 처음에 가졌던 포부와는 다르게 그날 벌어진 일상 느낌을 쓰는 경우가 많다. 생각보다 다양한 소재가 올라오는 시기이기도 하다. 직장 상사를 흉보는 이야기, 자신이 쓰던 수첩을 바꾼 이야기, 새로운 메뉴를 만들어 요리한 경험 등 직접 체험한 일들을 소재로 글을 쓴다. 사소한 행동 하나하나가 글로 이어지는 시기인데 이러한 과정은 매우 중요하다. 주변을 관찰하고 느낀 점을 글로 옮길 수 있다는 것을 직접 경험했기 때문이다. 매일 쓰기는 벅차지만 조금씩 글쓰기의 매력을 느끼는 시기이기도 하다.

한 달이 지나면 드디어 글쓰기에 적응하게 된 느낌을 갖게 된다. 직장을 다니는 어떤 분은 하루 일과를 글로 쓰니 감정을 해소하는 느낌이 든다고 하셨다. 전업주부로 책을 좋아했지만 살림과 육아로 지쳐 독서는 꿈도 꾸지 못했는데, 30일이 지나자 읽을 거리를 찾게 되었다고 말씀하시는 분도 있다. 주변의 반응에서 글쓰기 습관을 확인하는 경우도 있다. 글을 쓰려면 생각을 해야 하는데, 그 과정이 자신도 모르게 툭툭 튀어나와 주위 사람들이 놀라게 된다고 한다. 말없던, 생각 없던 친구가 주장과 요지와 근거를 대며 말하니 주변에서 그녀를 조심하는 눈치를 느끼기도 한단다. 이즈음부터 좀 더 깊이 있고 사유하는 글쓰기가 시작한다. 꿈과 글쓰기를 무의식이라는 공통된 키워드로 바라보기도 한다.

반복하는 말과 생각과 행동을 바꾸려면 의식적인 다짐만으로는 불가능하다. 사람을 지배하는 건 의식이 아니라 무의식이기 때문이다. 내 몸이 호흡과 피의 순환으로 유지되듯이 정신은 의식과 무의식의 연결과 소통으로 유지된다. 내 무의식을 탐색하고 알아내고 의식으로 끌어올릴 때 내 말과 생각과 행동에 변화가 온다. 그동안 꿈을 기억하고 다루면서 무의식 작업을 해왔다. 최근에 만난 글쓰기도 무의식에 균열을 내는 엄청난 작업임을 경험하면서 부디 내 말과 생각과 행동이 글쓰기를 통해서 눈곱만큼이라도 변화하기를 소망한다.

(100일 글쓰기 수강자 윤효원 씨의 글에서)

스스로 내면의 목소리를 꺼내는 경우도 있지만, 게시판에 올라온 다른 이들의 글에서 자신의 사유를 길어 올릴 수도 있다. 한 회원이 부모님에 관한 소회 글을 올리자, 그 글을 읽은 다른 회원이 부모님과 얽힌 과거를 이야기해주며 부모님과 화해하게 된 사연을 올렸다.

부부 사이를 좀 더 객관적으로 성찰하게 된 이들도 있다. 김영주 씨는 남편과 자주 등산을 한다. 그날은 함께 남산을 걸었는데 남편이 자꾸 무릎이 아프다고 했단다. 남편은 걷고 싶지 않은데 걷자고 한 게 아닌가 해서 매우 불편했다고 한다. 서운한 마음도 들었지만 표현하지 않으니 남편에게 불만만 쌓여갔다. 결국 집에 돌아와 한바탕 부부 싸움을 했다. 며칠 후 남편에게 그날 왜 불편했는지 조심스럽게 얘기를 꺼냈다. 남편은 그날 컨디션이 좋지 않았고, 더구나 바지와 신발도 걷기에 매우 불편했다고 하는 것이 아닌가. 이 말을 들자 그녀는 남편에게 미안함을 느꼈다고 한다. 20년을 넘게 산 부부인데 서로 마음을 표현 안 하니 오해가 쌓인 것이다. 영주 씨 부부는 그날 화해했다고 한다.

30대 여성 민정 씨는 그녀의 글을 몇 번이고 읽었다고 한다. 자신도 비슷한 일이 자주 일어났는데 공감과 이해보다는 강요와 채근으로 남편과 살아오고 있다고 했다. 민정 씨 자신이 공감 능력이 뛰어나다고 생각했지만 자만이었다는 것을 깨달았다. 그녀의 글은 다음과 같이 끝난다. "영주 님의 글을 읽으니 우리 부부의 한계점이 명확해졌다. 나는 스스로 공감 능력이 뛰어난 사람이라고 자만하고 살았다. 내 가장 옆에서 공감을 바라는 남자는 내버려두고 말이다. 벌써 미움이라는 괴물이 스멀스멀 자리를 잡고 앉아 있었기 때문이다. 괴물이 커지기 전에 존재를 알아챘으니 보내버려야겠다. 괴물이 있음을 알려주신 영주 님과 이런 나를 14년 동안 버텨준 남편에게도 감사하다."

이처럼 100일 글쓰기를 지속하다 보면 단순 사실이나 느낌보다는 생각하는 글쓰기로 나아가게 된다. 매일 글쓰기가 조금씩 적응되고 있다는 증거다. 100일의 반인 50일을 넘기면 글감 소재나 주제 면에서 다양한 방법을 시도하기도 한다. 그런데 여기서 조심해야 할 것이 있다. 100일 기간 중반을 넘기게 되면 자신이 써온 글을 살펴보고 실망하는 경우가 생긴다. 그토록 부푼 희망과 다짐과 결의로 시작하고 어려움을 버티고 극복한 100일 글쓰기였지만, 지금까지 써온 글이 매우 초라하고 형편없어 보이기 때문이다. 그렇다면 남은 기간 동안 쓰게 될 글도 이미 뻔하지 않을까라는 회의감에 휩싸이게 된다.

바로 슬럼프가 찾아오는 것이다. 보통 약 70일 전후로 이러한 무력감이 생기는데, 이를 극복하지 못하면 100일 글쓰기는 실패하고 만다. 실패의 첫 번째 유형은 포기다. 글을 쓸 이유와 동력을 얻지 못하면 더 이상 쓸 수 없게 된다. 여기에 연휴나 명절이 끼어 글쓰기를 중단하면 영원한 포기로 이어진다. 두 번째 유형은 억지로 이어나가는 경우다. 100일이라는 고지가 약 30일 정도 남았기 때문에 지금까지 버텨온 것이 아까워서라도 절대 포기하지 않는다. 하지만 무력감을 극복하지 못한 글쓰기는 하소연이나 짧은 일상의 단상 등 성의 없는 글로 채워지게 마련이다. 100일 동안 하루도 빠지지 않고 글을 쓰더라도 섬세하고 치열한 생각의 과정에서 나오지 않은 글은 자신을 충만하게 해주지 못한다.

글쓰기의 최대 매력 중 하나는 머릿속을 둥둥 떠다니는 생각을 하나씩 잡아 정리해서 활자화하는 것이다. 안개 속에 숨어 있던 무의식의 사유가 내 앞에 또렷하게 나타날 때 느끼는 쾌감은 이루 말할 수 없다. 이런 재미 때문에 100일 글쓰기 프로젝트를 마친 후에도 글쓰기를 계속 이어나가게 된다. 하지만 억지로 끌고온 글쓰기는 100일을 기점으로 더 이상 나가지 못한다. 100일 글쓰기를 성공적으로 마쳤더라도 더 이상 글쓰기를 이어나가지 못하는 경우가 이에 해당한다.

슬럼프 극복과
100일 이후의 글쓰기

100일 동안 다양한 심리 상태를 거치면서 글 쓰는 마음도 기복을 타게 된다. 글이 안 풀려 하루를 타협하다 보면 어느새 며칠이 훌쩍 지나가기도 한다. 슬럼프를 극복하는 방법에는 어떤 것이 있을까? 먼저 슬럼프가 오게 된 이유를 면밀히 관찰해야 한다. 보통 물리적인 시간이 부족하거나 심리적 여유가 없을 때 슬럼프에 빠지게 된다. 예기치 않은 업무나 생활에서 중요한 일이 생길 때도 글 쓸 시간이 없다. 글쓰기가 우선순위에서 밀리는 경우다. 대부분의 직장인들이 이런 이유로 슬럼프를 겪는다.

이것을 극복하기 위해서는 글 쓸 시간을 확보하는 것이 중요하다. 하루 중 가장 글쓰기에 몰입할 수 있는 시간을 찾아야 한다. 100일 프로젝트가 진행되면 회원들의 글 올리는 시간이 각자 정해지듯이 안정화된다. 그렇지 못한 회원들은 꾸준히 글을 올리지 못하는 경우가 많다. 시간에 쫓겨 마감을 지키지 못한다면 글 쓰는 때를 정하자.

그 시각이 되면 무조건 노트북을 열고 글을 써보자. 하지만 시간을 정했어도 글이 바로 써지는 것은 아니다. 글감이 없다면 빈 모니터만 보게 된다. 글감을 모으기 위해서는 메모를 하는 것이 좋다. 당장 글 소재로 적당하지 않더라도 언젠가는 글로 등장할 날이 있을 것이다. 글감이 쌓이고 풀어낼 시간이 정해진다면 시간 부족으로 인한 글쓰기 슬럼프는 생각보다 쉽게 극복할 수 있다.

심리적 여유가 없을 때도 글쓰기에 어려움을 느낀다. 보통 의욕이 떨어질 때 이런 현상이 나타날 수 있다. 글쓰기에 직접적인 의욕 상실이 오는 경우도 있고, 힘든 일을 겪을 때 나타날 수도 있다. 지금까지 자신이 써온 글을 읽다 보면 부끄럽거나 심한 경우엔 자괴감에 빠질 수도 있다. 마무리하지 못한 글, 중구난방인 듯한 글, 주제가 명확하지 않은 글 등을 보면서 글쓰기의 어려움을 넘어 글쓰기에 회의마저 느낀다. 지금까지 써왔지만 진척되지 않는다고 생각된다면 심한 경우엔 100일 글쓰기를 포기하기도 한다.

이때는 초심으로 돌아가는 것이 필요하다. 내가 글을 쓰려던 목적이 무엇인지, 100일 글쓰기 프로젝트의 목적은 무엇인지를 반추해야 한다. 시작하기 전, 100일 출사표를 읽어본다면 글쓰기에 자극을 받을 수 있다. 100일 글쓰기의 목적이 글쓰기 실력을 향상시키는 것이 아니라 글 쓰는 습관을 갖는 것이라는 것을 상기한다면 지금까지 '못난 글'로 보였던 것이 용서된다. 마음에 들지 않던 글이라도 100편을 쓴다면 100일 글쓰기는 대성공이니까.

일상에서 힘든 일을 겪게 되면 심리적으로 글쓰기에 영향을 미친다. 한 30대 여성 회원은 70일째부터 그동안 써온 내용과는 사뭇 다른 분위기의 글을 올린 적이 있다. 글 분량도 짧아지고 회사 생활이 힘들다거나, 엄마와 자주 다툰다는 내용에서 인생이 허무하다는 글까지 넋두리 비슷한 사연 들이었다. 어떤 날은 책의 발췌만 덜컥 올라오기도 했다. 그렇게 약 20일 정도가 지속되었다. 마지막 오프라인 모임 때 글쓰기가 힘들었을 때 어떻게 이겨냈느냐는 이야기들을 나누는데 그녀는 이렇게 답했다. "그냥 썼어요." 당시 그녀는 남자친구와 이별을 하고 힘든 시기를 보냈다. 마음이 너무 우울해 일기장에 매일 자신의 심리 상태를 적었다고 한다. 쓰다 보니 마음이 한결 편해졌다고 했다. 하지만 그 글을 카페에 올리기는 어려웠단다. 너무 노골적이고 솔직한 마음을 공개하기는 부담스러웠던 것이다. 그녀는 공개용 글을 다시 써서 올렸다고 한다. 글을 추리지 않은 날은 발췌를 올렸다. 그렇게 일기를 쓰다 보니 어느 정도 마음 정리가 되었다. 그녀에게 일기는 이별 예식이었던 셈이다.

개인의 성향에 따라 글을 쓰기 싫을 때 극복하는 방법도 다를 수 있다. 효원 씨는 100일 중 약 10번 정도 글을 쓰기가 정말 싫었다고 한다. "머릿속이 텅 빈 것처럼 하얗게 느껴졌어요. 마치 말을 잊어버린 것처럼요." 그녀가 선택한 방법은 대면이다. "그때 일어나서 도망가면 끝장이에요. 그 마음이 없어질 때까지 계속 앉아 있는 거죠. 가장 많이 버틴 게 2시간쯤이었나?" 한편 글을 쓰기 싫을 때 우회로를 택하는 사람도 있다. 샤워를 하거나 다른 일을 하면 막혔던 단어가 생각난다는 사람도 있다. 슬럼프를 겪었다고 말하는 사람은 그것을 어떻게 이겨낼 수 있는지 끊임없이 고심한다. 여러 차례 적용해 보고 마침내 그것을 물리친다.

　무수한 슬럼프를 이겨낸 후 드디어 100일 글쓰기에 성공한 사람들은 이후에 어떤 계획을 세울까? 크게 두 가지로 나뉜다. 글을 계속해서 쓰는 경우와 쓰지 않는 경우다. 극소수이긴 하지만 100일 글을 쓰면서 자신에게 글쓰기 재능이 없다며 그만두는 회원도 있었다. 안타까운 생각이 들었지만 마지막 오프라인 모임 때 나눈 이야기는 그리 절망적이지 않았다. 그는 100일 글쓰기를 시작하기 전에 품었던 글쓰기를 향한 동경 또는 희망이 실은 환상이라는 것을 깨달았다고 한다. 글쓰기를 냉철하게 바라볼 수 있는 기회를 주었다고 한다. 글쓰기가 만만하지 않다는 것, 그만큼 잘 해내기 위해서는 노력이 요구된다는 것을 절실히 알게 되었다고 한다. 그는 잠시 글쓰기를 쉬고 있다. 하지만 결코 포기했다고 말하지는 않았다. 100일은 자신을 다시 돌아볼 수 있는 소중한 기간이었다고 말한다.

　글쓰기에 흥미를 느껴 계속해서 쓰는 회원들도 있다. 글 쓰는 습관을 갖춰 이어나가는 경우다. 100일 이후에 새로운 마음으로 101일을 시작한다. 숭례문학당에서 '100일 글쓰기 곰사람 프로젝트' 1기를 마친 김제희 씨는 1000일을 향해서 글을 쓰고 있다. 1기가 종료된 후 함께 쓰는 동료들이 몇 있었으나 얼마 못 가 혼자 쓰게 되었다. 그녀는 글 쓰는 내내 외로웠다. 프로젝트를 진행하는 동안에는 서로 격려하고 용기 주는 것이 도움이 되었지만 더 이상 그런 위안을 받을 수 없었다. 그녀는 100일 프로젝트를 마친 사람들이 함께 모여 글을 쓰면 좋겠다고 생각했고, 이를 실행에 옮겼다. 실제로 제희 씨와 같은 사람들이 꽤 있었다. 제희 씨는 그들을 단체 톡방에 초대하고 100일 글쓰기 통합 카페를 만들었다. 그렇게 모인 사람이 30명이 넘었다. 100일 이후 계속해서 글을 써온 사람들도 있었고, 심기일전해서 다시 시작하겠다고 결의를 다진 사람들도 있었다. 그들은 운영자 없이 자발적으로 모임을 만들었고 스스로 운영자가 되어 지금까지도 글을 쓰고 있다. 그들의 모토는 '1000일을 향해'이다. 물론 다시 시작했지만 여러 여건상 중도 하차하는 사람도, 매일 쓰기는 힘들어 2~3일에 한 번꼴로 글을 올리는 사람도, 한동안 쉬었다 글을 쓰고 다시 쉬었다 글을 쓰는 사람도 있다. 하지만 그들은 글쓰기를 놓지 않았다. 함께 쓰는 100일을 거쳐 함께 쓰는 1000일을 만들고 있다. 함께 쓰는 즐거움을 실천하고 있는 것이다.

5장

창작의 로망을 실현하는, 소설 쓰기

김민영

함께 소설 쓸
사람을 찾습니다

소설을 함께 쓴다는 것은 가능한 일일까? 〈작가 수업〉은 11명의 회원이 모여 매월 한 번 모임을 갖고, 매일 30분 소설 쓰기를 온라인에 공유하는 모임이다. 이 모임을 시작한 것은 순수한 나의 열정, 동기 때문이었다.

오래전부터 나는 소설가 지망생이었다. 그간 몇 권의 책을 내긴 했지만 언제나 '소설'을 쓰지 못해 고통스러워했다. 일생 소설을 읽어온 나에게 소설 쓰기란 인생의 과업 같은 일로, 기필코 해내고 말겠다는 의지를 불태우게 하는 열렬한 꿈이다. 소설 쓰기 모임이 시작된 것은 2015년 3월로 모임 공지안은 다음과 같았다.

『작가 수업』의 저자인 도러시아 브랜디는 "자의식이 글의 흐름을 막는다"고 했습니다. 창작을 가로막는 자의식을 뛰어넘어, 폭발적인 창의력을 끌어내 멋진 소설을 써봅시다. 〈작가 수업〉은 소설을 함께 쓰는 모임입니다. 한 페이지부터 시작합니다.

- 일정: 매월 셋째 주 월요일 저녁 7시

- 장소: 강남

- 참여 방식: 자신이 쓴 소설을 인원수대로 복사해 낭독

- 모임 형식: 글 발표와 비평

- 2회 이상 결석 시 휴면

- 신청 방법: 이메일로 이름, 연락처, 신청 계기 보내기

공지가 올라간 후 8명이 신청해 1년간 이탈자 없이 활동했고, 이후 2명이 신규로 들어와 현재 11명이 빠짐없이 참석하고 있다. 맛집 모임, 송년회 등 서브 모임 시에도 출석률이 80퍼센트를 웃도는 단단한 모임이다. 참가자는 회사원, 주부, 프리랜서로 다양하다. 저마다 쓰고자 하는 장르가 달라 모임마다 강렬한 자극이 된다. "어떻게 저런 장르를 쓸 수 있지?" "얼마나 열심히 준비했으면 저런 이야기를 쓸 수 있을까!" 등의 감탄이 나오는 것이다.

김성규 회원은 조선시대를 배경으로 한 장편소설을 쓰고 있는데, 사료 조사를 위해 수개월을 공부했다고 한다. IT 전문가인 그는 빠듯한 회사 생활에서 소설 쓰기가 숨통이 되어준다며, 누구보다 열심히 참여한다. 주부 윤수정 씨도 열혈 회원 중 한 명이다. 언제나 다른 회원들의 글에 귀 기울이고 피드백하는 태도가 매력적인 그녀는 조용히, 꾸준히 참여하는 우수 회원이다. 그녀의 관심 영역은 로맨스. 김성규 씨와 윤수정 씨는 이처럼 서로 다른 장르로 소설 쓰기에

매진하며, 서로의 장점에 감탄한다. 누군가는 장쾌한 전개 방식, 누군가는 탁월한 문장력, 누군가는 섬세한 감성으로 각자의 개성을 살려가며 소설 쓰기를 즐긴다. 신춘문예를 목표로 하는 것도 아니다. 일상의 쉼표로, 나아가 이것이 한 권의 책이 되면 좋겠다는 작은 소망으로 참여 중이다. 목전에 등단을 앞둔 모임도 아니요, 유명 소설가의 지도하에 진행되는 모임도 아니라 그럴까, 늘 웃음과 여유가 넘친다. 서로를 질투하거나 열등감을 느끼지 않고도 얼마든지 소설 쓰기를 즐길 수 있다는 것을 보여주는 모임이다.

모임 〈작가 수업〉에서 가장 중요한 것은 바로 마감이다. 이들 모두 월 1회 오프라인 모임 마감을 지키기 위해 분투한다. 2015년엔 1~2장 미니 소설도 통과, 현재는 길이가 얼마가 됐든 '완결된 소설'로 만나기로 약속했다. 분량은 자유다. 100매 넘게 써 오는 이도 있고, 30매에 그치는 사람도 있다. 완결하는 훈련을 위한 약속이니 저마다의 상황에 맞춰 노력한다.

최근에는 '30분 소설 쓰기'를 시작해 실천 중이다. 매일 몇 줄을 쓰든 컴퓨터 앞에 30분간 앉아 소설 쓰기는 무라카미 하루키의 『달리기를 말할 때 내가 하고 싶은 이야기』에 나오는 집중력, 지구력 훈련과 유사한 것으로 회원들의 좋은 반응을 얻고 있다. 주 7일 매일 30분 쓰기라 쉽지 않지만, 치열하게 실천한다. 그 열심히 하는 모습만으로도 우리에겐 자극이 된다. 못 쓴 날은 죄책감으로, 쓴 날은 뿌듯함으로 우린 더 치열하게 소설 쓰기에 매진한다. 또한 SNS 그룹창으로 서로의 소설을 모니터링 해준다. "이런 부분은 전보다 훨씬 좋아진 것 같지만, 이 점은 보완하면 좋겠다"라는 의견을 정성껏 보낸다. 스스로 볼 수 없는 지점이 그제야 보인다. 온오프를 넘나들며 소설 쓰기 공부는 계속 된다. 이 평범한 사람들이 언제 소설가가 될 수 있을지는 누구도 모르는 일이지만, 중요한 것은 우리가 지금 "함께 소설을 쓴다는 것"이다. 이보다 중요한 사실이 또 어디 있겠는가.

소설을 쓸 용기

　글을 쓰고 싶다면, 쓰면 된다. 단 한두 문장으로도 감정은 표현할 수 있다. 그러나 소설 쓰기는 다르다. 쓰고 싶다고 거저 쓸 수 있는 것이 아니다. 다른 글쓰기와 달리 고도의 총체적 훈련이 필요하다. 소설 쓰기 모임 〈작가 수업〉을 운영하면서 얻은 깨달음이다. 나는 오랜 시간 문학을 읽어왔고, 꽤 숙련된 문학 애호가라 자신해왔다. 많은 문학 서평, 작가 인터뷰를 썼고 문학 토론도 했으니 어느 정도 준비는 한 게 아닌가 싶었다.

　물론, 큰 착각이었다. 나는 소설 한두 문장을 쓰지 못해 몇 시간을 앉았다, 일어섰다를 반복하며 좌절감에 빠졌다. 그간 읽어온 소설, 이론, 비평서가 이리저리 얽혀 내 무의식을 옭아맸다. 카프카 정도의 소설을 쓰고 싶다는 과욕에서 자유로울 수 없었다. 비루한 문장을 써내려 갈 때마다 자괴감에 시달렸다. 김애란처럼 쉽게 쓰려다 보면 초등학생 일기로, 헤밍웨이처럼 간결하게 쓰다 보면 기사가 되고 말았다. 일상의 문장과 소설의 문장은 완전히 다른 세계였다.

　무엇보다 가장 큰 문제점은 소설을 한 문장도 써보지 않았다는 것이다. 왜 나는 읽기만 하고, 쓸 생각은 못했을까. 아마도 소설가라는 존재를 신의 영역쯤으로 여겨온 탓은 아닐까. 가오싱젠의 『창작에 대하여』를 일찍 봤더라면 좀 더 일찍 소설 쓰기를 시작했을 텐데, 라는 아쉬움도 든다.

> 작가는 예언자가 아닙니다. 작가에게도 중요한 것은 당장의 삶을 살아내는 것입니다. 거짓을 해소하고, 망상을 걷어내고, 지금 이 순간을 또렷하게 자각해야 합니다. 자아는 세상에 대한 질문과 자기 자신에 대한 대면이 동시에 이루어지는 혼돈의 장입니다. 재난과 압박은 보통 외부에서 오지만, 자신의 나약함과 산란한 마음이 통증을 가중시켜 더 큰 불행을 가져오기도 합니다.
>
> —『창작에 대하여』, 가오싱젠 지음, 박주은 옮김, 돌베개, 2013

　내게 꼭 필요한 충고였다. 가오싱젠을 만난 후 나의 창작 의지는 더욱 불타올랐다. 보기에 따라, 그가 내린 '작가에 대한 정의'야말로 실천하기 어려운 지침일 수 있겠으나, 적어도 내겐 '희망'으로 읽혔다. '매 순간을 또렷하게 자각'할 수만 있다면, 내게도 희망이 있는 게 아닌가. 더 이상 자책과 좌절에 빠져 있을 수 없다는 생각에 공부부터 시작하기로 했다. 그렇게 펴낸 책이 바로 김원우의 『작가를 위하여』(글항아리, 2015)였다. 700쪽이 넘는 방대한 분량, 작가라는 존재를 대해부한 놀라운 책이다. 함께 공부하겠다는 동료들이 있어 4개월간 『작가를 위하여』의 각 장을 곱씹어 요약, 정리, 토의했다. 소설이야말로 매력적인 예술임을 깨달은 나는 소설에 더욱 매혹되었다. 그와 더불어 매일 소설 필사를 이어갔다.

그렇게 나는 조금씩 '소설을 쓸 용기'를 얻었다. 작년 한 해 〈작가 수업〉 팀과 준비운동을 거치며 소설 쓰기의 맛을 느낀 나는 올해 작게라도 결과물을 만들어보려 한다. 생애 첫 단편을 완성한 지금 나는 새로 태어난 기분을 느낀다. 또한 소설 쓰기 수업을 듣기도 한다. 프로 소설가에게 듣는 수업은 그간 내가 착각한 모든 오해와 작별하는 새로운 출발선이다. 작법서 몇 십 권보다 한두 번의 강의가 낫다는 생각도 든다. 강사의 조언을 정답이라 믿지도, 강사가 즐기는 스타일대로 쓸 생각도 없다. 다만, 독학의 한계를 절감하는 시점에 한두 번은 전문가 강의가 필요하다는 생각이 든다. 이젠 프로 소설가에게 첨삭도 받아야 한다.

어쩌면, 나는 소설책을 내기 이전에 소설가라는 인간이 되고 싶은 것일지도 모른다. 여러 자질 중 특히 고갈된 재능, 밀려드는 나태와 권태, 그리고 절대적 고독을 극복하지 못한다면 결코 소설가가 될 수 없을 것이다. 아니, 소설가가 된다 해도 마주할 숙제인 그 고비를 넘어서려는 나의 정체 모를 욕망이 사라지지 않는 한 소설 쓰기 연습은 계속될 것이다.

회사 다니며 소설 쓰기

"제 꿈은 소설가가 되는 것입니다. 전 딱 한 권의 책만 쓰려고 해요. 그것만 완성한다면 더 바랄 게 없습니다."

금융권에 다니는 직장인 한영호 씨의 소망이다. 소설 쓰기 모임 〈작가 수업〉의 성실 회원인 그는 습작과 공부를 병행한다. 주말이면 소설가 수업을 찾아가 작법을 배우고, 틈만 나면 습작에 매달린다. 흥미로운 점은 '딱 한 권의 소설 쓰기'라는 꿈이다. 회원 모두 묻는다. "아니, 왜 딱 한 권이에요? 더 쓸 수도 있는 거지?" 그의 답은 언제나 명쾌하다. "대한민국 직장인의 애환을 담은 소설 한 편이면 돼요. 물론, 제 실력이 그 한 권을 쓸 수 있을지는 모르겠지만요." 벌써 3년째 소설 쓰기에 집중하는 그다. 모임마다 다른 작품을 써오는 이도 있지만, 한영호 씨는 늘 같은 이야기다. 직장인 은택민이라는 인물이 겪는 직장 생활의 애환을 담은 소설. 그 하나의 이야기를 꾸준히 확장하고 퇴고한다. 직장 생활 매뉴얼이라 해도 과언이 아닐 정도로 세부 묘사가 눈길을 끈다. 이야기 속 은택민은 보통의 직장인이다. 대부분이 그런 것처럼 안정된 직장, 평탄한 삶을 원하지만 뜻대로 되지 않는다. 과도한 노동과 에너지를 요구하는 직장이라는 공간에서 은택민은 처절히 소진된다. 그는 취업이 안 돼 고민하는 청년에게 "회사 같은 거 다닐 필요 없다"라고 말할 정도로 회의적인 태도를 보인다. 흥미로운 점은 한영호 씨가 바로 은택민과 같은 삶을 살고 있다는 것이다.

실제로 한 모임에서 만난 취업 준비생이 "직장 생활을 20년간 하셨다니 대단해요!"라고 부러워하자 그는 이렇게 말했다. "이건 사는 게 아닙니다." 아직도, 민망해하던 취준생의 표정이 잊히지 않는다. 소설 속 주인공 은택민은 한영호 씨의 페르소나가 아닐까. 물론, 그는 이를 부정하지 않고, 이렇게 덧붙인다.

"제 이야기일 수 있죠. 하지만 전 꼭 그렇다고 보진 않아요. 대한민국 직장인이라면 누구나 비슷한 삶을 살고 있지 않나 싶거든요."

한영호 씨의 소설 속에 등장하는 직장은 감옥, 수용소에 가깝다. 개인을 소외시키고, 억압한다. 늘 먹고사는 문제, 경쟁에만 급급할 뿐 서로의 관심사나 가치관 따윈 묻지 않는다. 승진을 위해, 시험을 위해, 고객을 위해 늘 눈치 보고 불안해하는 은택민의 이야기는 TV 드라마 〈미생〉을 연상케 한다. 하지만 한영호 씨는 단연코 〈미생〉과는 다르다고 말한다. "저는 이 직장이란 공간이 왜 이렇게 됐는가를 추적하고 싶어요. 하루의 대부분을 그곳에서 보내야 하는 현대인들이 얼마나 황폐해졌는가를 묻고 싶은 거죠." 야근, 회식에 쫓기면서도 소설 쓰기 모임만은 빠짐없이 참석하는 한영호 씨에게 소설 쓰기란 해방구이자, 출구다.

한영호 씨처럼 직장에 다니며 소설 쓰기에 몰입하는 이들이 꽤 있다. 〈작가 수업〉 회원 상당수가 직장인이다. IT 업계에 종사하는 김성규 씨의 소설 쓰기도 눈여겨볼 만하다. 그는 탁월한 감성의 소유자로 '꽃 한 송이'를 두고 2장 묘사가 가능할 정도로 섬세한 관찰력과 감성, 어휘력을 가진 재주꾼이다. 그는 오랜 시간 소설을 읽고, 써 오다 모임에 참여하게 됐다. 함께 소설 쓰기 모임을 하다 보면 여러 성향을 보게 되는데, 김성규 씨는 이른바 '모범생' 부류에 해당한다. 누구보다 꾸준히 마감을 지키고, 분량 또한 어긴 적이 없다. 함께 읽자는 책부터, 그 달에 써올 원고까지 모든 미션을 1등으로 소화하는 내공이 엿보인다. 김성규 씨의 소설은 한영호 씨의 이야기와 달리 '과거'에서 펼쳐진다. 조선시대를 배경으로 이야기를 풀기도 하고, 가족사를 건드리며 '기억'이란 문제를 해체하기도 한다. 김성규 씨에게 소설은 시간을 복원하는 과정으로 보인다. 회사 다니며 『레 미제라블』 다섯 권을 읽어 내려갈 정도로 남다른 독서력과 지구력의 소유자인 그에게 소설 쓰기란, 하지 않으면 안 될 '숙명'처럼 보인다. 그는 주로 도서관에서 책을 읽고, 소설을 쓴다.

"주로 주말에 도서관에 가요. 혼자만의 시간을 가질 수 있어 좋죠. 카페에선 집중이 잘 안 되는 편이라, 도서관을 즐겨 찾는 편이에요."

김성규 씨를 '주말 독서가' '주말 소설가'라 불러도 좋겠다. 책 읽고, 글 쓰는 시간이 있어 행복하다는 그는 바닥난 에너지를 끌어올리기 위해 소설을 쓰기도 한다. 지쳐 쓰러져 자고 싶은 순간에도, 소설만 쓰기 시작하면 자기도 모르게 몰입이 된다고 한다. 심지어 점심을 거르고 소설을 쓸 때도 있단다. 그 망망대해를 유영하는 그의 소설 쓰기를 응원한다.

은행원 윤소희 씨의 소설 쓰기도 만만치 않다. 그는 늘 새로운 이야기를 만들어낸다. 스스로는 "지구력도 부족하고, 싫증을 못 이겨 우왕좌왕 한다"지만 그녀의 이야기를 기다리지 않는 이가 없다. 미래 세계와 현재를 오가기도 하고, 가상공간을 불러오기도 한다. "소설도 많이 읽어보지 않은 제가 쓸 자격이 있는지 모르겠어요"라며 늘 숨죽이지만 흥미로운 이야기를 잘도 써내 질투의 대상이 되곤 한다. 그녀는 반드시 소설가가 되어야겠다는 포부를 내비치진 않는다. 그저 재미있어 쓴다는 것이다. "연애보다, 쇼핑보다, 운동보다 소설 쓰기가 더 재밌어요." 즐기며 글 쓰는 모습, 에너지가 넘쳐흐른다. 누구를 위해서도, 출간을 목적으로도 쓰지 않기에 긴장하지 않는다고. 지루한 직장 생활, 반복되는 일상에서 벗어나 자신만의 세계를 만들어 나가는 이 시간이 너무나 행복하단다. 그녀 덕에, 한두 줄이 안 써져 벽에 머리를 찧는 우리 모두 조금은 마음이 편해지는 것이 사실이다. 그래, 어쩌면 잘 쓰려는 마음 때문이었는지 모른다. 어떤 작가처럼 쓰고 싶어서였는지도. 나를 알리고 싶은 욕심도 무시할 수 없다. 소설 쓰기를 방해하는 것은 재능 부족 이전에 '자기 검열'이었는지도 모른다. 함께 쓰기의 현장에서 우린 조금씩, 그 한계를 넘어서고 있는 중이다.

30분 소설 쓰기
온라인 모임

　　함께 소설 쓰기 〈작가 수업〉 또한 온라인 운영이 큰 역할을 한다. 모임 전, 중, 후에 소통과 공감의 플랫폼이 되는 메인 공간은 역시 카카오톡 그룹 채팅방이다. 함께 소설을 공유하는 카페도 운영 중이다. 채팅방은 2개로 분리 운영 중이다. 하나는 전 회원이 참여하는 채팅방이고, 다른 하나는 '공동저술 작업팀' 전용 채팅방이다. 하나의 주제로 각자의 단편을 엮어 단행본으로 내는 작업을 준비 중이다. 모두 아마추어지만 습작 과정 자체가 공부가 될 것 같아 시작했다. 이 프로젝트에는 8명이 참여했다. 채팅방을 운영하는 과정은 크게 세 단계로 나뉜다.

1. 모임 공지와 알림(효과: 결속력, 책임감 상승)
2. 모임 후기 공유(효과: 만족감 상승)
3. 모임 예고(효과: 참석률, 기대감 상승)

물론, 이 과정 모두 운영자의 몫이다. 프리랜서, 직장인, 학생, 주부 저마다의 자리에서 바쁜 사람들. 각자 참여 중인 그룹 창만도 여럿일 터. '소설 쓰기'만의 차별점을 두고, 정성 어린 글과 사진으로 결속력을 다져야 활발히 운영된다. 운영자라면 에너지와 집중력도 중요하지만, 회원들의 마음을 읽어내는 관찰력과 분위기를 끌어올리는 기획력도 요구된다. 물론 그보다 필요한 것은 즐기는 마음이다. 운영을 진정 즐긴다면, 절로 재미를 느낄 것이다. 그 기분이 쌓여 자연스레 후기 쓰기로 연결된다. 좋았던 감정을 간직하고 싶기 때문이다. 운영자의 후기는 회원 간의 결속력을 다지고, 소속감을 높인다. 또한, 모임과 관련된 자료가 있으면 수시로 공유하는 것도 좋다. 시야를 틔워주는 정보라면 언제든 환영이다.

온라인 활성화를 위해 그간 시도했던 것들을 정리해보면 다음과 같다.

1. 소설 명문 필사 공유
2. 소설 쓰기에 도움 되는 책(작법류/소설류)
3. 30분 온라인 글쓰기(카페 활동)

이 중 가장 높은 고비는 역시 30분 소설 쓰기다. 하루키가 『달리기를 말할 때 내가 하고 싶은 이야기』(문학사상사, 2009)에서 말한 것처럼 "매일 한 곳에 의식을 집중하는 훈련"을 하기 위해 시작한 것이다. 지금까지 꾸준히 활성화되고 있진 않지만, 한두 달간은 모두 집중력 있게 30분 소설 쓰기를 경험했다. 소수의 회원들은 자기 게시판 및 습작터처럼 카페를 활용하고 있으니 의미 있는 시도다. 직장인들은 출근 후, 점심시간, 퇴근 전, 야근 때를 틈 타 30분간 소설을 썼다. 더 쓰고 싶더라도 반드시 30분 내에 쓰기를 중단하는 것이 원칙이다. 그러니 당연히 '완벽한 마무리'란 있을 수 없다. 대부분이 쓰다 만 연습 같은 글이었다. 그럼에도 이런 글들이 쌓이니 상당한 분량이 됐다. 심지어 나는 단편 분량을 마무리 지을 수 있었다. 매일 꾸준히 잘 쓰는 회원들로부터 받은 자극이 동력이었다.

또한 홀로 쓰는 외로운 상황과 달리 읽어주고, 호응하는 이가 있어서 더욱 신이 났던 것 같다. 다른 사람은 무슨 이야기를 쓰는지를 볼 수도. 내 글에 대한 반응도 알 수 있으니 모두에게 이득이었다. 30분 소설 쓰기는 우리에게 새삼, 소설가란 높은 벽을 실감케 했다. 매일 원고지 5매를 쓴다는 소설가 김훈이나, 원고지 20매를 쓴다는 하루키의 습관이 얼마나 지키기 어려운 것인지 깨달았으니, 이보다 더 큰 교훈이 있을까 싶다.

또한 각자의 삶이 어떻게 구성되고 어느 틈에 글을 쓰는지 알게 되어 친밀감도 높아졌다. "새벽이 아니면 쓸 시간이 없어서 대충이라도 올려요." "김밥으로 때우고 소설 쓰는 이 시간 행복합니다." "늘 자정이 되어야 글이 써지네요." 서로의 글 한두 줄에 우린 서로 더 가까워졌다. 이런 상황에서도 소설을 쓰려 애쓰는 동료들에게 존경심과 연민을 느끼게 됐다.

결과는 잊자. 중요한 건 우리가 즐길 수 있느냐의 문제다. 함께 쓰다 보면, 즐기는 경지까지 갈 수 있다. 이런 크고 작은 각오를 낳게 한 30일 소설 쓰기. 온라인 소설 쓰기 운영법을 고민하는 이라면, 한 번쯤 시도해볼 아이템이 아닐까. 이때 운영자가 그날의 마감 시간 1~2시간 전에 "곧 마감입니다, 회원님들"이라는 멘트를 띄워보면 어떨까. 압박과 설렘으로 기적의 소설 쓰기를 체험할 것이다.

오프라인 모임 운영 노하우

　　오프라인 모임 운영법을 말하기 전에, 먼저 운영자의 마음가짐에 대해 이야기해야겠다. 우선 회원들에 대한 기대감을 낮춰야 한다. 회원들이 모두 모인다는, 글을 써 오리라는, 모임을 좋아하리라는 기대 같은 건 일찌감치 없애는 게 좋다. 이런 기대는 회원과 운영자 모두에게 좋지 않은 장애물일 뿐이다. 이 대신 필요한 감정이 바로 '감사'와 '긍정'이다. 만약 8명이 나오기로 한 날, 2명이 결석 통보, 6명이 나왔다 치자. 그런데 소설을 써 온 이는 3명뿐인데 그 내용도 지난달과 별반 다르지 않다. 모두가 "너무 바빴던 한 달"이었다며 공감하고 서로를 위로한다. 그런데 운영자는 이 풍경이 반갑지 않다. 회원들의 게으름이 느껴진다. 이 모임을 소홀히하는 것 같고, 심지어 운영자를 무시하는 건 아닌가라는 생각마저 든다. 이런 감정이 쌓이면 어떻게 될까?

- 운영자의 태도가 경직되어 회원들이 긴장하기 시작한다.(엄격해지고, 공격성이 느껴진다.)
- 회의감이 밀려와 운영 의욕이 사라지고 모임이 침체된다.
- 모임 운영이 시간 낭비라는 생각이 들어 회원들에 대한 관심이 없어진다.

운영자가 가장 조심해야 할 감정이 바로 '기대감'이다. 상처 없이 건강하게, 오랫동안 모임을 유지하고 싶으면 작은 기대라도 접는 게 좋다. 그렇다고 회원들에게 무관심하라는 말은 결코 아니다. 늘 벌어지는 상황을 수용하고, 긍정하라는 뜻이다. "내가 누구 때문에, 무엇을 위해서 이걸 하고 있나?"라는 회의감이 들지 않도록 늘 자신을 다스리고, 거듭나야 한다.

이때 조심해야 할 공간이 바로 오프라인 모임 현장이다. 아마추어에게 마감이란 늘 지키기 어려운 과제다. 마감이 있어야 써낸다는 걸 알면서도, 회피하려 한다. 그렇다고 분위기를 침체시킬까 그런 마음을 드러내지도 못한다. 그러니 운영자가 알아서 회원들의 마음을 읽어줘야 한다. 오프라인 모임에 나온 회원 모두를 아낌없이 격려해야 한다. 저마다 마음에 들지 않는 글을 갖고 나왔을 터. (책을 좋아하는 이라면 자신이 쓴 글에 대한 혐오감에 빠질 수도 있다.) 이때 필요한 것은 비판이 아닌, 격려다. 오프라인 모임 시 격려를 보여야 하는 순간은 크게 다섯 지점으로 구분할 수 있다.

1. 소설을 준비해온 회원 모두에게 박수(서로 뿌듯해하자.)

2. 지난달보다 분량이나 내용, 기술면에서 나아진 점을 발견해 개별 격려(섬세하게 읽고, 경청해야 할 수 있는 반응이니 관찰력과 집중력이 요구된다.)

3. 다른 회원 작품의 가치를 발견해준 회원을 위한 박수(듣기의 중요성 강조)

4. 소중한 글을 함께 읽고, 듣는 감사한 시간이었음을 확인(참가자 모두를 위로, 격려)

5. 다음 달도 열심히 써보자는 박수(분위기를 끌어올리는 효과)

이 다섯 지점의 격려 강도와 종류는 모두 다르다. 또한 의무적인 반응은 '인사치례'로 다가갈 뿐이니 늘 진심으로 격려해야 한다. 이 다섯 지점의 격려가 늘 나올 수 있도록 회원들의 노력을 크게 보고 인정하는 시선을 가져야 한다. 이 격려 시기는 소설 쓰기 모임 조성 후 6개월간 유지하면 좋다. 다음은 '자상한 비판'이다. 격려만 받다 보면, 어떤 점을 어떻게 고쳐야 할지 모르기에 아쉬움을 느낄 수 있다. 회원들은 서로 아쉬운 점도 이야기해달라고 부탁하지만, 말을 아끼는 분위기다. 조심스럽기 때문이다. 자신도 잘 써오지 못했기 때문이다. 어떻게 말해야 할지 모르기 때문이다. 이럴 땐 일종의 규칙을 만들면 좋다.

1. 부정적, 단정적 표현 대신 "이렇게 하면 어떨까요?"라는 제안하기.

2. 가능하면 대안은 구체적으로 제시해, 쓴 사람이 이해할 수 있게 설명하기.

3. "~점은 너무 좋지만"이라는 말로 다른 장점을 살짝 언급해주고, 본격적인 비평으로 들어가기.

이 세 가지 약속을 공유하고 나면, 부담이 줄어든다. 기분 나쁜 지적이 아니라 성장을 돕는 도움말이야말로 건강한 비판임을 깨닫는다. 운영자는 회원들의 발언 후마다 '구체적인 코칭'을 덧붙인다. 운영자의 한 마디를 들은 것만으로도, 참석한 데 의의가 있다고 느껴질 정도로 상세한 의견이면 좋다. 이를 위해 모임 2~3일 전엔 회원들의 소설을 공유하는 것도 방법이다. 순발력이 부족한 이를 위한 배려라 할 수 있다.

조금 다른 형태로 맛집 모임을 추진해도 좋다. 소설 쓰기로 지친 회원들에게 쉼표를 찍게 하는 것이다. 책 읽고 글 쓰는 사람들이 좋아할 취향의 맛집을 선정하고, 다양한 이야기를 펼쳐놓는 자유 토크 모임이다. "오늘은 과제 부담 없어서 넘 좋아요!"라며 운영자가 먼저 나서서 분위기를 이끌어도 좋다. 출석을 독려하기 위해, 맛집이 소개된 사이트를 링크하는 것도 방법이다. 함께 1박 2일 '글쓰기 여행'을 떠나도 좋고, 산책 후 티타임처럼 소소히 이야기를 나누는 자리를 마련해도 좋다. 마감과 놀이를 균형 있게 배치해야 건강히, 오래 읽고 쓸 수 있다.

소설 쓰기에 도움이 되는 책 읽기

"너무 어려워서 책장이 안 넘어가요. 외국어인가요?"

김원우의 『작가를 위하여』 스터디 중에 나온 말이다. "소설을 쓰려는 이 모두를 위한 필독서"라는 나의 강력한 권유에 읽기 시작했는데 이곳저곳에서 비명이 터져 나온다. 매주 정해진 분량을 읽고 요약하는 모임이었다. 다행히 "일단 과제 올렸습니다. 미션 수행!"이라며 나서는 이가 있다. 순간 "대단하다" "부럽다" "뒤로 가면 좀 괜찮나요?"라는 반응이 이어진다. 함께 쓰기에서 함께 읽기로 넘어가는 과정에서 생긴 일화다.

이 시기를 잘 버티면, 꾸준히 해내는 사람이 누구인지 알 수 있다. 모임 성숙기에 접어드는 것이다. 시작 인원의 반만 남아도 상관없다. 몇 명이 왔는가보다 어떤 사람들이 왔는가, 무엇을, 어떻게 할 것인가에 관심을 두자. 700쪽이나 되는 사전 같은 글을 언제 다 읽나 싶어 두려워했던 이들도 어느새 중반을 향해 간다. 읽고 요약할

수록 책의 가치가 느껴진다며 좋은 반응도 나온다.

　내가 함께 읽기를 추진한 이유는 크게 두 가지다. 하나는 몇몇 회원들의 읽기 실력 향상, 둘째는 결속력 때문이다. 혼자 읽기 쉽지 않은 책을 함께 읽어가면, 좀 더 친밀해질 수 있다. 책을 구하는 과정, 도착 사진, 읽는 현장, 읽고 난 후의 감정까지 공유하는 그룹 창이 있으니 계기만 마련해주면 된다. 함께 읽기는 두 가지 방법으로 접근하는 게 좋다. 첫째, 좋은 책을 추천하고 각자 읽기 둘째, 한 권의 책을 함께 읽고 모여서 생각 나누기. 여러 상황에 따라 오프라인 모임이 쉽진 않을 것이다. "가능한 사람들끼리 모여요"라는 한마디 말에 못 가는 사람은 좌절할 수도 있다. 이땐 책만 추천하고, 각자 읽기를 진행해도 좋다. 간단히 읽은 소감만 주고받아도 비슷한 시기에 같은 책을 경험했다는 연대감이 형성된다.

　그간 추천하고 함께 읽기를 한 책은 모두 소설 읽기, 쓰기 분야였다. 문학 비평도 다뤘다. 반드시, 운영자가 읽어 좋았던 책만 권한다. 토론까지 한 책이면 더 확실하게 추천할 수 있다. 추천 후 반응이 모두 좋은 것은 아니다. "과부하에요, 언제 다 읽죠?" "이젠 추천이 두렵네요" "사서 못 읽은 책 때문에 죄책감에 시달려요"라는 반응도 예상해야 한다. 물론 반기는 이도 많다. 바로 다음 날 사거나 대출해서 읽고 소감을 톡으로 보내는 사람도 있다. 읽은 소감이 빨리 올라올수록 모임에 활력이 넘친다. 특히 운영자의 추천은 믿고 읽어도 된다는 분위기가 형성되면 운영이 더 수월해진다. 그만큼 운영자는 부지런히 읽고, 공부해야 한다. 다른 이에게 더 많은 영향을 줄 수 있는 자리이기 때문에 그렇다. 운영자의 추천 한마디에 여러 명이 책을 사고, 읽는다면 쉽게 권하지 못할 것이다. 최대한 신중하게, 객관적으로 책을 읽고 골라야 한다. 아래의 책은 우리가 함께 읽어온 작품들이다.

- 도러시아 브랜디 『작가 수업』
- 나탈리 골드버그 『뼛속까지 내려가서 써라』
- 김연수 『소설가의 일』
- 무라카미 하루키 『달리기를 말할 때 내가 하고 싶은 이야기』
- 마리오 바르가스 요사 『젊은 소설가에게 보내는 편지』
- 김승옥 소설집 『한밤중의 작은 풍경』
- 신형철 비평집 『몰락의 에티카』
- 김원우 『작가를 위하여』
- 성석제 『황만근은 이렇게 말했다』 중 단편 「책」
- 김소진 『김소진 단편선』
- 호사카 가즈시 『글쓰기에 지친 이들을 위한 창작 교실』
- 장정일 인터뷰 집 『장정일, 작가』
- 무라카미 하루키 『직업으로서의 소설가』

소설 쓰기 모임을 운영하다 보면 회원마다 읽기 경험이 다른 것이 드러난다. 저마다 읽기 부족을 느끼지만, 특별한 돌파구를 찾지 못한다. 그때 회원 간의 편차를 줄이는 방법으로 함께 읽기를 권한다.

글쓰기 모임이므로, 토론보다는 부담 없는 토의 정도로만 마무리해도 높은 만족감을 줄 것이다. 가능하면 회원들이 관심 있는 영역의 책을 추천해서 중요한 부분을 발췌 공유해도 좋다.

6장

글쓰기 내공이 쑥쑥 자라는,
서평 쓰기

김민영

아직 독후감만
쓰고 있다면?

　누구나 좋은 책을 읽으면, 할 말이 생긴다. 여기서 '좋은 책'을 정하는 기준은 철저히 '나'다. 내가 재미있게 읽은 책, 감동받은 책, 유익했던 책이면 다 '좋은 책'이다. 이런 책을 만났다면, 한두 마디라도 하고 싶은 '말'이 생긴다. 하지만 이를 나눌 사람을 찾기란 쉽지 않은 법. 메모라도 짧게 하자며 SNS에 인상 깊은 구절을 옮겨 적어본다. 마음 통하는 사람과 나누고 싶기도 하지만, 시선이 부담스러워 비공개로 쓰다 보니 다시 볼 일도 없다. 그렇게 좋은 책의 자리는 점점 작아지고, 소멸된다.

　그러다 멋진 서평을 남긴 블로거를 보면 '나도 남기고 싶다'라는 생각이 든다. 짧게나마 기록하고 싶다. 자, 그렇게 시작한 첫 문장. 뭔가 할 말은 있었는데 막상 쓰려니 써지질 않는다. 분명, 읽을 땐 좋았는데 뿌연 안개에 휩싸인 느낌. 무언가 표현하고 싶었는데, 무엇을 쓰려고 했던 걸까. 앉아만 있기를 몇 분, 역시 글쓰기는 쉽지 않다며 읽기나 하자며 자리를 떠버린다. 그리고 시작되는 일상, 다시 좋은 책을 만나고 또 뭔가 할 말이 생겨도 두려움이 밀려온다. 첫 문장 쓰기는 고통스러울 거라는 두려움. '난 글쓰기 재능이 없다' '읽는 것만 해도 벅차다'는 자기 합리화와 함께 내가 좋아했던 책은 점점 잊힌다. 만약 여러분이 이런 경험만 반복하고 있다면 가벼운 '미니 독후감'부터 시작해보길 권한다. 목표 분량은 5줄. 읽은 책 내용을 짧게 기록하고 한두 줄 단상 정도면 된다.

1. 『창작에 대하여』(가오싱젠 지음, 박주은 옮김, 돌베개, 2013)

부제는 '가오싱젠의 미학과 예술론'이다. 이번 달 독서모임 책이기도 하고, 가오싱젠을 탐구해 보고자 낭독까지 시작한 책이다. 중국 최초의 노벨문학상 수상 작가 가오싱젠의 대표작은 『영혼의 산』『나 혼자만의 성경』 등이 있다. "날카로운 통찰과 기지에 찬 언어로 보편적 가치를 담아내고 있다"는 평가받는 그는 이 책으로 자신만의 예술관을 구체적으로 밝힌다. 실린 글 상당수가 연설, 대담, 기고문이라 읽기 편할 뿐 아니라 보다 구체적으로 가오싱젠의 입장을 알 수 있어 예술 입문서로도 추천한다. 또한, 예술을 보다 깊고 풍부하게 이해하고자 하는 독자에게도 권할 만하다. 책을 펴자마자 류짜이푸 교수의 멋진 서문이 독자의 시선을 사로잡는다. 가오싱젠 연구자로서의 전문성과 탁월한 견해가 돋보인다. 소장 가치 높은 인문서다.

2. 소설집 『풋내기들』(레이먼드 카버 지음, 김우열 옮김, 문학동네, 2015)

이 책은 레이먼드 카버의 두 번째 소설집 『사랑을 말할 때 우리가 이야기하는 것』의 원본이다. 『사랑을 말할 때』가 편집자 고든 리시의 편집 과정을 거친 작품이고 『풋내기들』이 카버의 원문이다. 1981년 당시 크노프 출판사의 편집자였던 고든 리시가 카버의 작품에 크게 손을 댄 것은 유명한 일화다. 등장인물의 이름을 바꾸기도 하고, 단편의 엔딩을 바꾸기도 했다. 작품의 70퍼센트 이상이 사라진 단편도 있으니 이 정도면 다시 썼다 해도 과언이 아니다. 카버의 작품을 다시 만나야 할 독자들에겐 『풋내기들』이 얼마나 반가운 작품인지 모른다. 영화 〈버드맨〉에 등장한 단편 「사랑을 말할 때」 원작을 읽는 기쁨도 놓쳐서는 안 된다. 카버를 좋아하는 모든 독자들에게 추천한다.(이 책은 카버의 미망인 테스 겔러거가 원래 원고를 모아 냈다.)

인상 깊은 책이라면, 이 정도 기록만으로도 어떤 식으로든 남게 마련이다. 더 길게, 자세히 쓰면 좋겠지만 기억력, 시간, 문장력, 체력, 집중력, 환경, 여유와 같은 벽에 부딪히다 보면 한 줄도 쓰기 어렵다. 처음부터 목표치가 높으면 좌절하기 마련이다. 처음에는 가볍게 5줄 내외 미니 독후감부터 시작해보자.

이런 글을 몇 개 쓰다 보면 어떤 기분이 들까? 한 줄도 쓰지 않을 때보단 정리 습관이 생겼으니 뿌듯하다. 뭔가 쓰고 있다는 사실만으로도 만족할 수 있다. 그러다 어느 날, 일기 단상에 그친다는 느낌을 받을 수 있다. 보다 짜임새 있는 글을 쓰고 싶어진다. 언젠가 읽은 블로그의 멋진 한 편의 글을 나도 쓸 수 있을까? 그렇게 시작하는 글이 바로 '서평'이다. 독후감이 주관적, 감상적, 개인적인 글이라면 서평은 보다 객관적, 설득적, 논리적인 글이다. 자연스레 서평으로 발돋움하는 사람이라면 '주어의 변화'를 느끼게 된다. 간단히 정리하면 다음과 같다.

독후감과 서평의 주어 변화

독후감 주어	서평 주어
나는/필자는	①책은(작품은, 소설은) ②작가는(저자는) ③독자는(읽는 이는) ④주인공은(주요인물은, 등장인물은)

독후감을 쓸 땐 '나는'이라는 주어로 일기를 쓰듯 풀어갔는데, 서평으로 가면 '책은, 작가는, 독자는, 주인공은'이라는 주어가 등장하며 분위기가 달라진다. 보다 먼 관점에서 책을 지켜보는 상황이랄까? 예를 들어 『미움 받을 용기』라는 책을 읽었다고 가정해보자. 독후감이라면 "나는 이 책을 읽고 많은 위로를 받았고, 내 자신과 화해할 수 있었다"라는 문장이 나올 법하다. 이와 달리 서평은 '나'라는 주어를 절제한다. "『미움 받을 용기』는 위로와 화해의 장을 마련해준다"라는 문장은 전자와 비슷한 맥락이지만 표현법이 다르다. 후자처럼 쓰면 내가 위로나 화해를 받았다고 직접적으로 쓰지 않더라도, 그 가능성이 느껴진다. 단언하는 표현을 경계하고, 감상적 글

쓰기를 좋아하지 않는 이라면 서평 쓰기에 더 편하게 다가갈 수 있다. 또 하나의 차이점. 서평을 쓰다 보면 독자를 고려해 '책 정보나 요약'을 보다 충실히 하게 된다. 전엔 내가 읽은 책을 기록하는 차원에서 그쳤다면, 이젠 책을 읽지 않은 사람도 공감하는 글에 접근하는 것이다. 이는 단순히 서평만이 아닌, 전 분야의 글쓰기에 필요한 객관화 능력이라 할 수 있다.

처음엔 낯설게만 느껴졌던 서평, 전문가들의 글이라 생각했던 서평도 익숙해지면 독후감처럼 가볍게 쓸 수 있다. 책의 특징과 저자 소개, 내용을 간략하게 요약하고 이 책이 읽을 만한지 그렇지 않은지를 서술하면 된다. 일종의 추천 멘트인 셈이다. 더 쉽게 말하면 '별점'이라 할 수 있다. 만점에서 몇 점 정도 줄 수 있는지를 쓰고, 몇 점을, 왜 깎았는지도 덧붙여주면 더욱 좋다. 맛집이나 제품을 리뷰하듯 책의 장단점을 기록하는 글이 바로 서평이기 때문이다.

아직 발췌나 5줄 미니 독후감도 해보지 않은 사람에겐 매우 낯설고 어려워 보일 수 있다. 그러나 위에 제시한 과정대로 단계별로 접근하다 보면 글쓰기 내공이 쑥쑥 올라가는 것이 한눈에 보인다. 시간은 걸릴지 몰라도 '성취감'이 하늘을 찌르는 글이 바로 서평이다. 내가 좋아하는 책, 애장하는 책이라면 서평 쓰기에 도전해보는 건 어떨까. 혼자 쓰기 어렵다면 서평 함께 쓰기 모임인 '서평독토(서평 독서토론)'의 문을 두드리는 것도 방법이다.

50명이 함께
글을 쓰는 서평독서토론

　'서평독토' 모임을 운영한 지도 벌써 3년째다. 매월 한 권의 책을 정해 함께 읽고 서평을 써 오는 모임이다. 3~4명으로 시작해 60명에 이르기까지, 매월 한 권씩 44권의 책을 함께 읽었다. 책 읽기를 넘어, 서평까지 써야 하니 문턱이 높은 편임에도 회원은 매년 늘었다. 모임 타이틀은 '서평'이지만 상당수가 책을 읽은 지 얼마 안 되는 초보자, 또는 독후감만 써오던 사람들이다. 어떤 글이든 자유롭게 써오면 칭찬과 격려를 아끼지 않는다.

　그림책부터 고전에 이르기까지 가능하면 다양한 책을 선정하려 노력했다. 특히 1년에 3~4개월간은 혼자 읽기 힘든 고전문학의 고개를 넘는 것을 목표로 운영해왔다. 때론『레 미제라블』『코스모스』『안나 카레니나』와 같은 장대한 고전을 선정했음에도 모임의 규모가 줄지 않았다. 오히려 "서평독토 덕분에 죽기 전에 읽었다"며 기뻐했다. 한 참가자는『레 미제라블』다섯 권을 읽고 벅찬 마음에 "티내고 싶어" 각 권의 서평을 따로 쓰기도 했다. 『코스모스』는 '함께 읽기' 대장정 그룹방을 만들어 매일 읽고 쓴 분량을 공유해 완독에 이르기도 했다. 모두 '함께 읽고, 함께 쓴 기적'이다.

서평독토 모임은 어떻게 구성할까. 다수가 참여하는 모임이므로 체계적인 운영과 스태프는 필수다. 서평독토 역시 동료들의 적극적 도움으로 지금까지 운영해올 수 있었다. 서평독토의 모임 구성안은 다음과 같다.

서평독토 프로그램 구성안

- 모임 1부: 세 그룹으로 나눠, 자기소개를 한다. 이어 테이블별로 토론 리더를 배치, 다양한 논제로 독서토론을 진행한다(논제는 리더들과 상의).
- 휴식
- 서평 뷔페: 40여 편의 서평을 한자리에 배치한 후, 회원 전체가 한 부씩 가져가는 즐거운 시간.
- 모임 2부: 다양한 교류를 위해 그룹 구성원 교체. 역시, 세 그룹으로 나눠 서평 낭독. 돌아가며 자신이 써온 서평을 낭독하고, 칭찬과 격려를 아끼지 않는다. 인기 서평을 투표해 소정의 선물을 지급한다.
- 휴식
- 모임 3부: 전체 회원이 한자리에 모여 모임 참가 소감을 나눈다. 한 명도 빠짐없이 참여한다. 웃음과 박수가 끊이지 않는 축제의

시간이다. 마지막으로 다음 달 공지를 한 후, 단체 사진을 찍고 헤어진다.

- 리더 모임: 각 테이블별로 토론을 진행한 리더, 모임 스태프들이 한자리에 모여 상황을 브리핑하고, 성취와 보완할 점을 확인한다.
- 모임 후: 카카오톡 그룹 채팅방에서 참여 소감을 나누고, 현장 사진도 공유한다. 서평을 카페에 올려 온라인으로 공유한다.
- 평상시: 책 관련 정보, 좋은 글귀, 서로의 안부를 교류하기 위해 단체 카톡방, 서평을 공유하는 카페도 운영한다.
- 회원 관리 기준: 연속 두 달 불참 시, 휴면 상태로 들어간다. 이후 단톡방에서 탈퇴시킨다. 그러나 언제든 준비되면 다시 참여할 수 있다. 신입 회원은 3개월마다 공식적으로 가입시키는데, 운영자 블로그를 통해 접수받는다.

서평독토에 처음 온 사람들은 체계적 운영 방식에 감탄한다. 30명이 넘는 인원이 함께한다고 해서, 말을 하지 못하거나 겉돌까 걱정했는데, 와 보니 잘 짜인 조 운영 덕에 편하게 참여할 수 있다고 말했다. 모두 함께해준 동료들 덕이다. 모임 일주일 전부터 토론할 논제를 의논하고 진행자를 배정한다. 진행 봉사인 셈이다. 이들의 참여가 아니었다면, 다수가 참여하는 학습 모임 운영은 결코 쉽지 않았을 것이다. 특히, 대형 모임 공간을 이용해야 하는 상황이라 회비 관리가 필수이다. 1년차, 2년차를 넘어 3년차로 접어든 회원들도 있어 '개근'을 목표로 하는 이들도 늘어가는 분위기다.

대한민국 사람이라면 누구나 바쁘다. 읽고, 쓸 시간이 넘치는 사람은 없다. 특히, 다수의 서평독토 회원처럼 직장인이라면 읽기와 쓰기는 삶의 후순위로 밀린 사치일지 모른다. 그럼에도 참여자들 모두 깊게 읽고, 진지하게 썼다. 시간을 저당 잡히고, 생계를 잇는 노동 가운데 읽기와 쓰기는 숨을 틔우는 생명수이니 고되다 하지 않는다. 혼자 읽기 어려운 책을 함께 읽고 글로 써냈다는 성취감은 우리를 살게 한다. 긴 시간 동안 읽고 쓰고 '오직 나만을 위한 시간'을 살았다는 희열도 강렬한 글쓰기 동기다.

그러므로 서평을 쓴다는 것은 오롯이 자기 시간을 쓰겠다는 결단이며, 내 삶을 살아내겠다는 포고布告이다. 서평 쓰는 사람 모두, 지금 '자기 앞의 생生'을 누구보다 치열하게 살아내는 독서가다. 경쟁, 비판, 뒷담화 대신 경청, 존중, 격려가 있는 환대의 공동체인 서평독토는 읽은 대로 실천하려는 건강한 독서가들의 모임이다.

고전,
함께 읽고 함께 쓰기

      1,000페이지가 넘는 고전을 읽고 서평을 써야 하는 모임의 출석률은 어떨까? 도스토옙스키의 『죄와 벌』을 서평독토 책으로 선정한 후, 나는 결석률이 높을 거라 예상했다. 읽기도 어려운데, 서평을 써야 한다니. 하지만 내 걱정과 달리 『죄와 벌』 출석률은 70퍼센트를 웃돌았다. 이날 모임에 참석한 사람들은 "이번 모임이 아니었으면 절대 읽을 수 없었을 것이다"라며 벅찬 소감을 나누며, 이 장대한 과제를 함께 해낸 동료들에게 존경의 눈빛을 보냈다.

  그 어느 때보다 서로의 서평에 귀 기울인 이날 모임은 서평독토 베스트로 기록할 만했다. 특히, 러시아 유학을 다녀온 전공자가 『죄와 벌』 원서를 읽어주는 시간도 마련되어 높은 관심을 모았다. 그녀는 손수 만든 책갈피를 선물했는데, 『죄와 벌』 원서 구절을 옮겨 적은 것이었다. 읽을 수 없는 글자였음에도 회원들은 "일생 간직하고 싶다"며 좋아했다. 책의 내용은 엄숙했지만, 모임 분위기는 파티에 가까웠다.

회원들은 단순히 책 요약과 정리를 넘어 자기 생각을 다양하게 풀어내며 인류의 고전 『죄와 벌』이 담은 치열한 질문과 당당히 마주했다. 수십 개의 서평이 이곳저곳에서 낭독되어 울려 퍼질 때, 우리는 새삼 "읽기 쉽지 않은 고전이야말로 함께 읽고 써야 함"을 절감했다.

서머싯 몸의 『달과 6펜스』 또한 회원들의 좋은 반응을 얻은 작품이다. 특히, 이 작품은 흥미로운 토론 논제로 다양한 이야기를 이끌어냈다는 점에서 꼽을 만하다. 1부에선 40여 명의 회원들이 4~5그룹으로 나뉘어 토론했다. 당시 우리가 함께 토론한 논제 일부를 살펴보자.

찬반 선택 논제

1. 스트릭랜드 부인 에이미의 부탁으로 그의 행적을 뒤쫓는 화자 '나'는 스트릭랜드의 이야기를 회고하기에 앞서 다음과 같이 자신의 '예술관'을 밝히고 있습니다. 다음 글을 읽고 생각해봅시다. 여러분은 화자의 견해에 공감하시나요?

발췌 내가 보는 예술의 가장 중요한 관심사는 바로 예술가 그 자신의 개성이다. 그리고 그가 가진 개성이 특이하고 독자적이라면 그외의 결점들은 기꺼이 용서할 수도 있다.(『달과 6펜스』, 서머싯 몸 지음, 송무 옮김, 민음사, 2000)

- 공감한다.
- 공감하기 어렵다.

2. 스트릭랜드는 블란치의 비극적인 죽음에 대해 별다른 죄책감이나 책임감을 느끼지 않습니다. 그는 그녀를 사랑한 적이 없으며, 오히려 자신을 옭아매려던 그녀의 태도에 넌덜머리가 났다라고 말합니다. 스트릭랜드는 블란치의 자살에 책임을 느껴야 할까요?

- 느껴야 한다.
- 느낄 필요가 없다.

3. 스트릭랜드는 타이티 섬에서 원주민 소녀 아타와 살다가 생을 마감하게 됩니다. 그는 죽기 전, 자신의 작품을 모두 태워버리라고 합니다. 만약, 여러분이 아타의 상황이었다면 유언에 따라 작품을 불태우겠습니까?

발췌 그런데 이런 약속을 시키더래요. 집에 불을 지른 다음 모조리 탈 때까지, 작대기 하나 남지 않을 때까지 떠나지 말라고요. (중략) 그렇지만 그건 천재의 작품이었으니까요. 우리에게 무슨 권리가 있어 그걸 이 세상에서 없애버릴 수 있겠느냐는 생각이 들었던 겁니다. 하지만 아타가 말을 듣지 않더군요. 약속을 했다면서요. (중략) 마른 마룻바닥이며 판다너스 돗자리에 석유를 쏟아붓고 불을 질렀

다더군요. 집은 눈 깜짝할 사이에 타버리고 잿더미만 남더랍니다. 위대한 걸작이 그렇게 해서 사라져버린 거죠. 스트릭랜드 본인도 그게 걸작인 줄 알았을 겁니다.(『달과 6펜스』)

- 불태운다.
- 불태우지 않겠다.

흥미로운 논제 덕에 그 어느 때보다 열띤 토론이 오갔다. 화가 고갱의 삶을 모티프로 삼았다고 알려진 이 소설의 주인공 스트릭랜드는 그림을 그리겠다는 이유로 집을 나와 버린 가장이다. 그에게 "가족을 내팽개치고 어찌 그럴 수 있느냐?"라고 물을 수 있다. 물론 "그림을 그리지 못하면 사는 게 의미 없는 그에게 최선의 선택이었다"며 공감할 수도 있다.

서평독토 회원들은 깊은 이해와 공감으로, 스트릭랜드의 선택에 손을 들어주면서도 소설을 이끌어가는 화자 '나'의 생각엔 다른 입장을 보이기도 했다. 특히 "그가 가진 개성이 특이하고 독자적이라면 그 외의 결점들은 기꺼이 용서할 수도 있다"는 생각엔 여러 의견이 나왔다. 이 소설이 보여주는 '예술 지상주의'적 태도의 위험성을 놓쳐선 안 된다는 의견도 그중 하나이다. 천재 화가 스트릭랜드를 좇는 여러 인물들이 품은 열망 또한 화자의 말과 다르지 않을 터. 예술을 향한 동경이야 누구나 얼마쯤은 있겠으나, 그 열망이 스트로브처럼 삶을 잠식해선 곤란하다는 입장도 있었다.

1부 토론 후엔 다양한 서평을 읽고, 나누는 시간이 진행됐다. "도입부가 잘 읽히지 않아 힘들었지만, 50페이지를 넘기고 난 후엔 책을 놓을 수 없었다"는 의견이 많아, 새삼 '고전 도입부' 읽기의 어려움에 공감했다. 나만 혼자 읽기 어려운 것이 아니라, 다들 그렇다는 사실만 알아도 위로와 용기가 되는 공간이 바로 학습 모임이다. 이렇게 우린 여러 권의 고전을 함께 읽고, 쓰며 혼자서는 넘기 어려운 벽을 유유히 넘을 수 있었다.

서평 모임 운영
다섯 가지 노하우

　　현재 서평독토 회원은 60여 명에 이른다. 이 중 오프라인 모임 참석률은 50~60퍼센트 정도이다. 월 1회 모임이니, 1년이면 12회가 된다. 12월엔 그해 개근상을 시상해 출석을 독려하기도 한다. 어떤 책이냐에 따라 참석률에 변동이 있긴 하지만, 그보단 회원들의 개인 사정이 더 큰 변수로 작용한다. 신청하고 오지 못하는 경우도 많다.

　나는 3년간 이 모임을 운영하면서, 어떻게 하면 보다 높은 만족을 줄 수 있을지 고민해왔다. 중요한 것은 참석 인원보다, 참석자들이 느끼는 실제 만족도. 참석자들의 반응을 모두 들을 수는 없지만, 반드시 몇 명에게라도 "오늘 모임 어땠어요?"라며 말을 건넨다. 대부분이 "너무 좋았다"고 하지만, 간혹 다른 의견을 주는 회원도 있다. 예를 들어 "저희 조는 여자만 있어서 남자들 의견을 못들어 아쉬웠어요" "다른 조에 비해 연령대가 비슷한 분들이 많아서 조금 단조로웠던 것 같아요" "토론 시간이 짧아 아쉬웠어요" 등의 반응은 반드시 메모를 해놓고, 각 그룹을 이끌었던 리더들에게 다시 의견을 묻는다. 모임을 진행할 때의 분위기, 느낀 점 등을 간단하게라도 듣는다. 어찌 보면 귀찮은 일이지만, 모임의 기반을 단단히 하려면 간과해서는 안 될 일이다. 그간의 모임 경험을 정리하며 '운영 노하우' 다섯 가지를 공유해본다.

하나, 충성도 높은 회원, 신입 회원에 대한 정성을 놓치지 않는다.

모임 시작 후 6개월간 빠짐없이 출석한 회원이라면 충성도 높은 VVIP 회원으로 거듭날 수 있다. 조용히, 성실히 나오는 회원에게 늘 고마운 마음을 드러내자. "회원님 덕분에 모임이 잘 운영된다"는 인사를 가끔 나누는 것도 좋다. 물론 진심을 담은 자연스러운 인사여야 한다. 꾸준히 나오는 사람들의 글은 좋아지기 마련이니, 이 점도 놓치지 않고 언급해주면 좋다. 운영자의 칭찬, 격려 한마디는 고된 책 읽기, 서평 쓰기 노동을 위로하는 보상이다.

새로온 신입 회원에 대한 관심도 기울여야 한다. 내가 처음 낯선 모임에 가는 회원이라 상상해보자. 모든 것이 낯설고 긴장될 것이다. 그 여러 방해물을 뛰어넘어 모임에 왔다는 것부터 대단한 용기요 도전이다. 이런 마음 상태를 섬세히 읽어내는 것이 바로 운영자의 할 일이다. 각 그룹을 이끄는 리더들에게도 신입 회원이 몇 명 정도 배치되었는지 세심하게 알려둘 필요가 있다.

둘, 오프라인, 카카오톡 그룹 채팅방, 포털 카페 등 3개의 플랫폼을 유기적으로 운영한다.

오프라인 모임이 중심이지만 온라인 네트워킹도 무시할 수 없다. 모임에선 소극적이었던 사람이 온라인에선 활발할 수도 있다. 온라인 네트워킹은 모임 전후 긴장감과 행복감을 함께 나누는 플랫폼이 될 수 있다. 이때 그룹 창과 카페 운영자를 따로 지정해, 보다 효과적으로 운영한다.

셋, 운영자가 나서서 책 읽기와 서평 쓰기에 대한 부담을 줄여준다. '잘 안 읽히는 책'의 기준은 지극히 사적인 것이 될 수밖에 없으므로 나한테 잘 읽힌다 해서 모두에게 그럴 순 없다. 따라서 모임 일주일 전부터 "책 잘 읽고 계신가요?" 등의 짧은 멘트로 서로 이야기할 수 있는 공간을 만들어준다. "어렵다" "진도가 안 나간다"는 등 이들을 배려하는 멘트도 필요하다. "못 읽어도, 못 써도 꼭 오세요. 답답한 부분이 풀릴 거예요. 12개월 개근을 향해!" 운영자의 마음을 담은 이 한 줄에 "이달은 빠져야지" "나만 못 써갈 거야"라는 생각으로 고통에 빠진 회원들을 위로할 수 있다.

넷, 소모임을 활성화시켜 결속력을 높인다.

30명이 넘는 대규모 모임인 경우 그 안에 여러 분과 모임을 만들어 친밀감을 높인다. 회원들끼리 자연스레 책으로 교류하게 만든다.

다섯, 회비나 간식 관리를 맡아줄 부운영자는 신뢰할 만한 사람에게 부탁한다. 다수가 어우러지는 모임을 운영하려면, 부운영자와 스텝 리더를 잘 구성해야 한다. 물론 이들과의 뜨거운 연대와 공감을 형성하는 것은 운영자의 몫이며 역할이다.

7장

영화를 즐기는 새로운 방법,
영화 리뷰 쓰기

한창욱

그들은 왜
금요일 밤에 모였나?

　　매달 첫 번째 금요일 저녁, 우리는 '함께 쓰기'의 현장에서 만난다. 똑같은 영화를 보고 각자 글을 써와 이야기를 나눈다. 그래서 우리의 함께 쓰기는 '나눔'이다. 다 함께 모여서 글을 쓰지는 않지만, 서로의 생각을 함께 나누는 자리인 것이다.

　　영화 리뷰 쓰기 모임에 오는 목적은 각자 다르다. 어떤 이는 그저 영화가 좋아서 오고, 또 다른 이는 글쓰기가 좋아서 온다. 하지만 모두 '채움'을 지향한다는 점에서는 비슷하다. 좋은 영화를 보고 나서도 '좋다', '재밌다'라는 말밖에 못해 느꼈던 헛헛함을 글로 쓰고, 서로의 글을 읽으며 날려버린다.

　　영화 리뷰 함께 쓰기 모임은 한 달에 한 번 진행된다. 봐야 할 영화는 3~4개월마다 한 번씩 정한다. 영화는 다양한 기준으로 선정된다. 대체로 영화 애호가들에게 폭넓게 인정받은 작품을 고른다. 장르와 분위기, 제작 국가도 고려한다. 그런 기준을 통해 〈버드맨〉,

〈스틸 라이프〉, 〈그렇게 아버지가 된다〉, 〈그녀〉, 〈폭스캐처〉와 같은 작품이 글쓰기 대상으로 오른다. 〈시간을 달리는 소녀〉와 같은 애니메이션 작품도 선택된다. 영화가 정해지면 단체 메시지 창에 공지하며, 매달 모임이 끝난 뒤 다시 한 번 다음 영화가 무엇인지 알린다.

모임이 있기 며칠 전이면 조용하던 메시지 창이 다시 소란스러워진다. 모임에 올 사람들의 설렘 섞인 기대가 보인다. 각자가 영화를 어떻게 보았을지 궁금해하며 다른 이의 말과 글을 애타게 기다린다. 그런 기대를 안고 모임 장소로 향한다. 모임 장소에 도착하면 나보다 먼저 도착한 사람들이 보인다. 꾸준히 왔던 사람의 얼굴과 함께 처음 온 사람의 얼굴도 보인다. 몇 번 참석했던 사람에게는 반가움이, 처음 참석하는 사람에게는 설레임과 어색함이 느껴진다. 모두 웃으며 인사하고는 자리에 앉는다. 안부를 나누거나 어떻게 모임에 참석하게 되었는지 묻는다. 여러 번 참석한 사람이면 자연스럽게 가방에서 출력해온 영화 리뷰를 꺼낸다. 출력한 리뷰는 모임 테이블 한쪽에 놓는다. 그리고 아직 오지 않은 이들이 오기를 기다리며 그동안에 있었던 일이나 영화에 관해 이야기한다. 모두 빨리 모임이 시작하기를 바라는 듯 살짝 들떠 보인다.

직장이나 다른 일로 조금씩 늦는 사람도 있지만, 약속된 모임 시각에서 10분 정도 지나면 대부분의 사람이 도착한다. 그러면 우선 리뷰를 썼던 영화에 대한 감상을 나눈다. 5점 만점을 기준으로 각자 영화에 별점을 매겨보고 왜 그런 점수를 주었는지 이야기한다. 영화에 관한 전반적인 시각을 살펴보는 이 시간은 본격적으로 글을 읽기 전에 몸을 푸는 과정이라 할 수 있다. 영화가 좋았는지, 아니면 별로였는지, 장점은 무엇이고 단점은 무엇인지, 인상 깊었던 장면은 무엇인지 말해보는 시간이다. 사람들은 〈폭스캐처〉에서 배우들이 탁월하게 연기한 부분에 대해 "정말 대단해요!" "신들린 연기였어요"라는 말들을 나눈다. 영화 〈그녀〉의 배우 스칼렛 요한슨의 목소리가 얼마나 감미롭고 아찔한지에 대해 이야기하며 고개를 끄덕이기도 한다. 〈버드맨〉의 음악이 전하는 두근거림을 이야기하며 영화를 다시 상상해본다.

감상을 나누고 나면 이제 모임의 몸통이자 메인 요리인 리뷰 낭독이 시작된다. 각자가 써온 영화 리뷰를 소리 내어 읽는다. 처음 글쓰기 모임에 참석한 사람은 조금 부끄러울지도 모르는 순간이다. 하지만 부끄러움은 곧 사라진다. 하나둘 글을 읽고 나면 글 낭독이 마치 아무런 일도 아닌 듯이 느껴진다.

글을 읽는 순서는 정하지 않는다. 각자가 자유롭게 자신의 순서를 정하여 읽는다. "이번에는 제가 읽을게요" 하며 적극적으로 나서서 읽기만 하면 된다. 조금 떨리는 듯한 목소리로 시작하다가 이내 차분해진다. 다른 이들은 목소리로 전해지는 영화 리뷰를 들으며 글 위에 줄을 긋거나 메모를 한다. 좋았던 글귀, 공감 가는 말, 기막힌 표현, 새로운 시선과 같은 것을 적는다. 눈과 펜, 마음이 다 함께 글을 따라간다. 글쓴이의 생각과 마음을 읽고, 영화 장면들을 머릿속에 다시 그린다.

낭독이 끝나면 칭찬이 시작된다. 글을 읽으며 표시해두었던 메모를 보고서 칭찬할 부분을 다시 정리한다. 글에 대한 비판이나 시비 같은 것은 없다. 정해진 순서 없이 자유롭게 글의 좋은 점을 말한다. 칭찬을 받은 글쓴이는 때로 그런 칭찬 때문에 부끄러워 얼굴이 상기되기도 한다. 하지만 자신이 힘겹게 쓴 글에 칭찬을 받으니 기분이 좋아진다. 무한 경쟁에 지친 마음이 풀리며 포근해진다. 그런 마음으로 모두 다른 이의 글을 칭찬하고 또 칭찬한다.

때로는 누군가의 글을 통해 새로운 토론 주제가 만들어지기도 한다. 〈폭스캐처〉에서는 레슬링 선수 데이브에 대한 토론이 벌어졌다. 데이브가 드러내는 삶의 태도를 어떻게 볼 것인가에 대한 문제였다. 이런 즉석 토론은 모임에 또 다른 긴장감을 부여한다. 새로운 생각이 떠오르기도 한다.

낭독이 모두 끝나고 칭찬도 마무리되면 모임 소감을 나눈다. 글을 나누며 느낀 점이 무엇이었으며, 어떤 시각이 인상 깊었는지 등을 이야기한다. 영화 한 편에 관한 여러 시각을 나누어 영화를 좀 더 입체적으로 이해하고 시각이 확장된 듯한 느낌을 받는다. 물론 그것이 당장에 삶을 바꿀 변화는 아니지만 조금이나마 자신의 삶이 더 풍성해졌다는 확신이 든다.

> 영화를 반복해서 볼 때마다 영화에 대한 느낌이 달랐는데, 다른 분의 리뷰를 읽으면서 영화에 대한 또 다른 느낌을 받았어요. 영화를 또 봐도 전혀 지루하지 않을 것 같아요. (이효임)

영화를 잘 안 보던 사람이었는데, 다른 사람들의 영화 리뷰를 통해 영화가 대단한 매체라는 생각을 했어요. 장면과 대사 하나하나에 의미 부여를 할 수 있다는 게 정말 놀라웠어요.(최한별)

모임을 통해서 영화가 종합예술이라는 걸 다시 한 번 깨달았어요. 독서토론과는 또 다른 매력이 있어요. 미술관에 가서 큐레이터의 설명을 들으며 미술 작품을 더 깊게 이해하듯이 다른 분들의 리뷰를 통해 영화를 좀 더 잘 이해할 수 있었어요.(김승호)

리뷰만큼 다양한 소감이 모임 참석자들을 즐겁게 한다. 소감을 나눈 후에는 참석자들이 모여서 함께 사진을 찍는다. 그날 모임의 흥겨운 기운이 얼굴에 가득하다. 사진은 모임 시간의 끝을 알리는 중요 행사다. 사진을 찍고 나면 곧 사람들은 헤어진다. 지하철역과 버스 정류장으로 향하는 길에서 그날 쓰고, 읽고, 토론했던 영화를 다시 한 번 생각해보거나 다음 달 영화에 대한 기대감을 나눈다. 그리고 한 달 뒤, 다시 웃으며 함께 쓰기의 현장에서 만난다.

리뷰를 위한
영화 읽기 방법

      영화 리뷰를 쓰려고 시도해본 사람이라면, 리뷰 하나 완성하는 것이 그리 쉬운 일이 아니라는 사실을 느끼게 된다. 무엇이 리뷰 쓰기를 힘들게하는 것일까? 글솜씨에 자신이 없어 글을 시작하지 못하기도 하고, 도통 생각이 정리가 안 되어 머릿속이 뒤죽박죽인 채로 포기해버리기도 한다. 단순 감상평이라면 그리 어렵지 않다. "재밌다" "배우의 연기가 좋았다"와 같은 말은 누구나 할 수 있는 말이니까. 생각나는 대로 몇 마디 얘기하는 것은 해볼 만하다. 하지만 영화 한 편을 전체적으로 조망해야 한다면 사정은 달라진다. 우리 앞에는 생각보다 많은 난관이 놓여 있고, 마지막 마침표까지 험난한 과정을 거쳐야 한다.

  영화 한 편에는 소설, 사진, 미술, 음악, 연극과 같은 여러 예술 매체가 한데 어울려 있다. 다양한 요소들은 다양한 방식으로 결합하여 우리 눈앞에 나타난다. 그만큼 여러 요소들에서 글감을 찾아야만 영화 리뷰를 수월하게 쓸 수 있다. 하지만 영화 한 편을 보고 나면 그런 요소들은 대부분 잊힌다. '재밌다/재미없다'를 판단할 수 있는 덩어리 기억만 남아 여러 세부 요소는 흩어진다. 머릿속에는 여러 생각이 얽혀 있는 것 같은데 그것을 어떻게 풀어야 할지 모른다. 그러다 보면 글은 더욱 쓰기 어렵고 리뷰를 쓰려는 의지도 사라진다.

리뷰 글감을 찾기 위해서는 영화를 잘 기억해야 한다. 영화의 세부 요소들은 우리의 느낌과 주장을 뒷받침하는 근거가 되기 때문이다. 그런 근거가 있어 "감동적이었다"라는 단순 감상이 '어찌어찌한 요소가 있어 가슴이 뭉클했다'라는 구체적인 감상으로 바뀌는 것이다. 이렇듯 영화의 여러 요소는 곧 리뷰의 글감이자 관점을 받쳐줄 근거가 된다. 이 요소들을 활용하지 않으면 글감은 한정되고, 단순한 감상만 남게 된다. 정작 왜 그런 감상이 나오게 되었는지에 대해서는 말하지는 못한다. 그저 "좋다" "좋지 않다"에 상응하는 말만 반복하고 만다.

영화에 대한 글을 쓴다면 영화에서 어떠한 사건이 일어났는지, 그 사건은 어떤 갈등을 품고 있었는지 생각해야 한다. 영화를 스타일 측면에서 다루고 싶다면 스타일이 잘 드러나는 장면이 무엇이었는지, 그것이 어떻게 보였는지, 어떤 방식으로 만들어졌는지도 기억할 필요가 있다. 어떤 장면에서 어떤 분위기의 음악이 흐르고 있었는지 기억할 수 있다면 영화의 분위기를 좀 더 구체적으로 리뷰에 반영할 수 있다. "이러저러한 느낌의 음악이 이러저러한 장면에 흘렀고, 이러저러한 분위기를 만들었다"라고 서술한다면 리뷰를 좀 더 풍성하게 구성할 수 있다.

또한 배우들의 대사와 표정을 기억하는 것도 중요하다. 배우들의 연기는 영화가 말하고자 하는 것을 좀 더 생생하게 드러낸다. 영화 〈명량〉에서 주인공 이순신은 "아직 신에게는 12척의 배가 남아 있사옵니다"라고 말한다. 이런 대사가 있어 우리는 역경을 딛고 일어서는 불굴의 의지를 느낀다. 영화는 이순신의 그런 의지를 적극 표현하려 한다. 그러니 이순신이 했던 말을 리뷰에 담는 것은 영화의 메시지를 좀 더 적확하게 반영할 수 있는 좋은 방법이다.

영화를 보고 기억에 오래 남기려면 무엇을 해야 할까? 영화를 보면서 메모를 해야 할까? 메모가 좋은 방법이긴 하다. 하지만 캄캄한 극장에서 펜을 들고 쓰기란 무척 어렵다. 영화관을 나선 뒤에는 알아보지 못할 글자들만 종이에 그려져 있을 경우가 많다. 그렇다면 다른 방법은 있을까? 답은 분명하다. 바둑 기사가 바둑 수를 복기하듯 우리도 영화를 복기하면 된다. 그런데 복기도 습관이고 요령이다. 복기를 잘하기 위해서는 많이 해봐야 한다. 복기를 한다는 것은 거듭 생각하는 것이다. 거듭 생각하다 보면 생각의 힘이 생긴다. 생각의 힘이 생기면 많은 것을 깨닫고 배울 수 있다.

바둑 기사가 바둑판에 돌을 다시 놓으며 복기하듯이, 우리에게도 그런 바둑돌과 바둑판 역할을 하는 무엇이 필요하다. 즉 생각 타래를 풀어낼 토론과 글쓰기가 필요하다. 하지만 글쓰기와 토론은 혼자하기 힘들다. 홀로 끙끙대다 지쳐서 그만두기 쉽다. 그러니 그런 힘을 같이 키울 동료가 필요하다. 영화 리뷰 함께 쓰기는 글과 토론을 통해 함께 생각하는 힘을 기르는 공간이다. 서로의 글을 나누며 각자가 복기한 지점을 나눈다. 그것은 나중에 또 다른 영화를 복기할 때 힘이 된다. 내가 복기해야 할 지점이 어디에 있는지, 어떻게 복기해야 하는지, 감각적으로 받아들이게 된다.

영화의 장면들은 생각이 나는데 그것을 글로 푸는 방법을 모를 때는 어떻게 해야 할까? 얽힌 생각을 풀지 못하는 힘겨움은 영화의 내용 자체가 복잡하거나 명확한 해답을 내려주지 않을 때 많이 발생한다. 결말이 명확한 영화는 글쓰기가 상대적으로 쉽다. 하지만 결말에 여운을 남기거나 해피엔딩인지 새드엔딩인지 잘 알 수 없는 상태에서 끝나는 영화는 글을 쓰려고 할 때 혼란을 준다. 리뷰를 쓰려면 그런 혼란과 부딪혀보거나 헤쳐나가야 하는데, 이는 글을 쓰는 훈련이 많이 되어 있지 않으면 그리 쉽지 않다.

이를 테면, 데이빗 핀처 감독의 〈소셜 네트워크〉는 대중적인 화법으로 한 인물의 삶을 따라가는 영화인데도 주인공에 관한 글을 쓰려면 그리 쉽지 않다. 인물의 갈등이 어떻게 해소된 건지 분명하지 않기 때문이다. 그래서 영화를 보고나면 '영화가 말하려고 하는 게 뭐야'라는 생각이 든다. 분명하게 전달되는 메시지가 없으니 할 말도 없어진다. 이를 해결하기 위해서는 좀 더 능동적으로 영화의 메시지를 길러 내서 리뷰에 반영해야 한다.

영화 자체를 이해하기 어려울 때도 많다. 소위 말하는 '예술영화'를 접할 때 그렇다. 영화를 봤음에도 불구하고 그 내용이 모호하여 내가 대체 무엇을 봤는지 모르는 상황이다. 눈앞에 지나간 건 영화가 아니라 그냥 그림들뿐이다. 영화의 내용이 전체적으로 잡혀야 글을 쓸 수 있는데 아무것도 잡히는 것이 없으니 어찌 글이 나오겠는가.

예를 들어 허우 샤오시엔의 〈자객 섭은낭〉은 기승전결 서사와는 매우 다른 방식으로 전개된다. 인물의 관계도 쉽게 눈에 들어오지 않고, 인물들이 어떤 상황을 겪고 있는지 파악하기도 쉽지 않다. 이런 영화는 이야기를 따라가는 것 이상의 감상을 요구한다. 화면 안에 펼쳐지는 여러 감정선을 적극적으로 향유해야 한다. 인물의 시선과 움직임, 화면의 색과 음영을 음미해야 한다. 영화 리뷰를 쓰려면 그렇게 화면의 감정들을 마음에 가득 품고 관념화된 생각을 구체화된 글로 풀어야만 한다.

이런 영화를 보고 글을 쓰기 위해서는 영화를 볼 때 자신의 정서를 건드린 부분을 좀 더 세밀하게 바라봐야 한다. 영화 내용을 다시 복기하여 내가 느꼈던 다양한 감정을 떠올려보고 그곳에서 내가 무엇을 느꼈는지 되짚어야 한다. 그리고 그것이 나의 삶, 경험, 지식과 어떻게 만나는지 살펴봐야 한다. 나만의 관점을 세워야 한다. 나만의 관점이 있어야 글감도 생기고 글을 쓸 마음도 생긴다. 하지만 혼자 글을 쓸 때는 감정을 복기하는 과정이 참으로 지난하기만 하다. 생각할수록 골치가 아파 지레 포기하게 된다. 그러다 보면 관점은 사라지고 글도 사라진다.

영화 리뷰의 글감은 필자 자신이 그 영화를 어떻게 보았는지, 필자가 어떤 경험과 지식을 가지고 있는지에 달렸다. 필자의 경험과 지식은 글감을 찾는 데 도움을 준다. 그럼에도 불구하고 글감을 마련하기 위해서는 이보다 더 적극적인 태도가 필요하다. 글 쓰는 사람이 스스로 글감이 될 만한 것들을 그러모으려는 노력을 해야 한다. 그러기 위해서는 분명치 않은 부분에서 영화가 말하려는 바를 읽어내고, 이야기만 쫓아가는 것이 아니라 화면의 정서들을 음미해야 한다. 자신이 느낀 감정도 더 세심하게 들여다보아야 한다. 그러기 위해서는 질문과 고민이 필요하다.

하지만 리뷰를 혼자 쓰려다 보면 이 모든 과정들이 힘겹게만 느껴진다. 그래서 이런 힘겨움을 이해하고 나눌 수 있는 공간과 사람들이 필요하다. 힘겹게 리뷰를 쓰고 나서 내 글에 대한 다른 사람들의 반응을 느끼면 골치 아팠던 과정을 보상받는 듯한 기분을 느낄 수 있다. 나의 고민이 가치 있는 것임을 인정받게 된다. 그것이 결국 글을 쓰게 하는 원동력이 된다. 또한 글을 쓰기 위해 생각하는 힘이 된다. 함께 쓰기는 그 힘을 얻기 위한 것이다.

혼자 글을 쓰는 게 어려운 것은 마감 시간이 정해져 있지 않기 때문이기도 하다. 직업적으로 글을 쓰는 것이 아닌 사람들은 마감 시간을 염두에 두지 않는다. 하지만 마감 시간이 없으면 한없이 늘어지고 만다. 단편적인 감상에 머문 채 한 발짝도 나가지 못한다. 글을 쓰기 위해 생각하는 과정 자체가 귀찮고 어렵기 때문이다.

모임을 통해 글을 쓰는 것은 약속을 지키는 일과 같다. 정해진 마감 시간 안에 글을 써 내야 한다. 그래서 과정이 조금 힘들더라도 어떻게 해서든 글을 쓰게 된다. 글을 다 쓴 뒤 함께 나누는 기쁨을 알기에 그것을 상상하며 글을 쓰는 것이다. 마감은 글쓰기의 힘이다.

영화를 둘러싼 다양한 관점

    글쓰기는 자신의 생각을 전하는 방식이다. 영화 리뷰는 곧 영화에 대한, 영화 감상을 비롯한 자신의 관점을 전하는 일이다. 영화 리뷰 함께 쓰기는 그런 관점을 나누는 자리다. 함께 쓰기에서 느낄 수 있는 가장 큰 감동은 전혀 다른 타인의 생각을 만나는 순간에 찾아온다. 그러니 나의 글이 누군가에게 감동이 되려면 내 관점을 표현해야 한다. 이것은 글쓰기 솜씨와는 다른 일이다. 글쓰기가 유려하지 못하더라도 자신의 관점을 세우고 전할 수 있다.

  이렇게 자기 관점을 쓰기 위해서는 먼저 줄거리 나열을 가급적 줄여야 한다. 줄거리 나열은 글쓰기가 어려울 때 택하는 방식이다. 무엇을 어떻게 써야 할지 모르니 어쩔 수 없이 줄거리부터 나열하고 만다. 물론 이런 줄거리 나열도 그 나름의 장점과 의미는 있다. 글쓴이는 줄거리를 정리하면서 영화의 내용을 다시금 되새길 수 있다. 영화에 대한 생각을 좀 더 명확히 할 수도 있다. 하지만 리뷰를 함께 읽는 사람에게 줄거리 나열은 조금 지루하다. 이미 똑같은 영화를 보고 온 상태에서 아는 이야기를 반복하기 때문이다.

줄거리 나열보다는 자신의 감상을 쓰도록 시도해봐야 한다. 자신이 본 장면에 의미를 부여하고 해석하면서 흩어진 생각을 이어야 한다. 글쓴이는 그런 과정을 통해 영화를 재구성할 수 있다. 이는 자신의 관점을 드러내는 것이자 영화에 자신만의 지도를 표시하는 일이다. 이렇게 서로의 관점과 지도를 공유하는 것은 서로의 인식을 넓힐 수 있는 기회와 재미를 준다. 영화 리뷰 함께 쓰기가 더욱 즐거워지기 위해서는 그런 기회와 재미가 있어야 한다.

함께 쓰기의 즐거움은 서로의 관점을 나눈다는 것에 있다. 이는 무척 흥분되는 일이다. 사람들은 한 편의 영화를 각자 다른 관점에서 감상한다. 사람들의 감상은 크게 "재밌다" "재미없다"로 나뉘거나, 작게는 어떤 장면에 대한 각자의 인상들로 나뉜다. 이런 감상을 나누다 보면 자신만의 관점에 갇혀 있던 영화는 어느새 그 벽을 뚫고 활발히 운동하게 된다. 우리는 이를 통해 영화를 좀 더 깊고 풍성하게 볼 수 있다.

관점 공유의 방식에는 크게 두 가지가 있다. 토론은 즉각적으로 표현하고 반응하게 한다. 오래 고심할 필요가 없기 때문에 글쓰기보다 수고로움이 덜하다. 토론을 하며 우리는 생각이 휘발되기 전에 발언하고 다른 사람의 의견을 들을 수 있다. 자신의 의견을 얘기하면서 다른 이의 반응을 살필 수도 있고, 다른 이의 의견에 바로 추임새를 넣어 활발하게 서로의 생각을 공유할 수 있다.

토론과 달리 글을 써서 나누는 것은 좀 더 넓고 깊은 관점을 공유하게끔 해준다. 토론에서는 주로 영화의 전체 감상과 몇 가지 주요 포인트를 가지고 얘기한다면, 함께 쓰기에서는 영화에 대한 각자의 관점 틀, 즉 각자의 '프레임'을 정한다. 한 편의 글을 쓰기 위해서는 그 글의 주제가 필요하다. 글의 주제를 세우려면 글의 소재를 다루는 '프레임'이 필요하다. 이를 테면, 영화 〈베테랑〉을 '추악한 재벌'이라는 프레임으로 글을 쓸 수도 있고, '정의를 지키는 사람들'이란 프레임으로 글을 쓸 수도 있다. 〈암살〉의 경우에는 '친일파 청산'이 주제가 될 수도 있고, '민족의 아픔'이 주제가 될 수도 있다. 이렇게 주제를 마련하고 프레임을 세우는 것은 글쓰기이기에 가능한 일이다. 토론에서는 프레임을 세우는 시간을 충분히 확보하기 힘들다. 글쓰기는 충분히 시간을 두고 자신의 프레임을 구성할 수 있도록 한다.

영화 리뷰 함께 쓰기의 참여자인 박현진 씨는 영화 〈경주〉를 보고, '죽음'이라는 프레임을 가지고 글을 썼다. 영화의 주요 배경으로 등장하는 경주의 왕릉과 영화 속 죽음에 관한 이야기에 주목한 것이다. 이와 달리 설연지 씨는 불교의 '공空'이라는 관점으로 영화를 보았다. 영화의 관조적 시선과 가끔씩 들리는 풍경 소리, 우연히 마주치는 인연과 같은 것을 유심히 보고 글을 적었다. 정소연 씨는 '공존할 수 없는 존재들의 공존'이라는 프레임을 내세웠다. 영화를 지배하고 있는 모호한 분위기 속에서 사실과 환상, 죽음과 삶의 영역이 뒤섞인 부분에 흠뻑 빠진 듯했다.

글쓰기는 자신만의 프레임으로 영화 전체를 조망할 수 있는 시간을 충분히 제공한다. 사람들은 그것을 통해 각 부분에 대한 각기 다른 감상과 해석을 내놓기도 한다. 함께 영화 리뷰를 쓰는 것은 곧 그런 프레임들을 공유하는 일이다. 이를 통해 우리는 타인의 관점을 좀 더 넓고 깊게 바라볼 수 있고, 나의 관점 또한 확장시킬 수 있다. 내가 무심코 지나쳤던 장면은 누군가에게는 그야말로 '꽂힌' 장면일 수 있다. 이것이 글로 표현된다면, 무심코 지나쳤던 나의 마음을 되돌아보고 그것을 다시 곱씹을 수 있다. 혹은 나의 해석과 다른 이의 해석이 차이가 날 때 좀 더 면밀히 그 해석을 되짚어 보며 더욱 깊이 사고할 수 있게 된다.

함께 쓰기는 다른 사람이 자신의 글에 어떻게 반응해줄지를 기대하게 하고, 다른 사람의 글이 어떤 관점으로 쓰여졌을지를 기대하게 한다. 이러한 기대감은 글쓰기의 강한 동력이자 즐거움이다. 누군가가 내 생각과 의견을 집중하여 들어주고 있다는 만족감, 나의 장점을 찾아서 콕 짚어주는 희열, 나와는 전혀 다른 관점의 신선함이 한데 어우러지는 즐거움이다.

격려,
함께 쓰기의 힘

　　함께 쓰기는 글쓰기에 좋은 자극과 동기를 준다. 물론, 글쓰기는 쉽지 않다. 모임에 나가기가 두려워진다. 두려움을 떨치고 영화 리뷰 함께 쓰기 모임에 참석하려면 어떻게 해야 할까? 그곳에서 다른 사람들과 좋은 시간을 보내기 위해서는 무엇이 필요할까?

　함께 쓰기를 더욱 뜻깊게 즐기기 위해서는 세 가지를 기억해야 한다. 첫째, 누구도 나의 글을 비판하지 않는다. 둘째, 자기 감상을 쓴다. 셋째, 칭찬 주고받는 과정을 즐긴다. 모임에 참석하는 것은 그 자체로 즐겁고 설레는 일이다. 그것만으로도 많은 것을 얻을 수 있다. 하지만 앞의 세 가지를 기억하면 함께 쓰기는 더욱 즐거워진다.

　영화 리뷰 함께 쓰기 모임에서는 아무도 글을 비판하지 않는다. 모임에서는 비판이 아니라 칭찬이 진리요 사랑이다. 그러니 모임에 참석하기 위해서는 일단 아무런 걱정 없이 글을 써봐야 한다. 내 글이 설령 부끄러운 수준이더라도 아무도 내 글을 읽지 않는 듯이 써야 한다.

그렇다고 모임에서 허무한 칭찬만 늘어놓는 것은 아니다. 우리는 비판이 아니라 '칭찬 비평'을 한다. 비평은 구체적인 근거를 들어 장점과 단점을 짚어내는 일이다. 이런 비평에서 장점을 찾는 일은 그 무엇의 가치를 길러내는 것이라 할 수 있다. 우리는 다른 사람의 글에서 단점보다는 장점을 찾아 적절히 비평한다. 이를 위해서는 경청이 필요하다. 그러다 보니 다른 사람의 글을 읽다가 '이 글은 수준이 이러저러하군' 하는 생각보다는 '어떻게 칭찬을 해야 할까' 하는 생각을 더 많이 한다. 장점을 찾고 그것을 구체적으로 설명해야 하기 때문이다. 그래서 모임에서는 칭찬하는 것만으로도 바쁘다. 남의 글을 비판해야겠다며 오지랖 부릴 여유는 많지 않다.

물론 모두에게 인정받는 글쓰기 실력을 가지고 있어 타인의 글의 장단점을 풍성하게 보는 사람도 있다. 하지만 그 사람도 칭찬하기라는 철칙을 무시하고 타인의 글을 재단하고픈 욕심을 실현할 수는 없다. 『검은 꽃』, 『살인자의 기억법』을 쓴 소설가 김영하는 글쓰기에 있어 칭찬이 꼭 필요하다고 말한다.

> 저는 글쓰기에 있어 정말 좋은 선생님은 학생의 장점을 하나라도 들어서 얘기해주고 넌 어쩜 이런 재미있는 표현을 생각해냈니, 너는 참 글을 잘 쓰는구나, 또 써봐라 또 써봐, 그러는 사람이라고 생각해요. (중략) 어차피 글이라는 것이 자기표현의 도구잖아요. 제멋에 겨워서 쓰는 건데. 선생님이 고쳐줄 수 있는 글은 논문 같은 일종의 비판

적 글쓰기 또는 이론적 글쓰기 정도입니다. 학생이 자기 감상을 표현한 글에 대해서 빨간 펜을 휘두를 필요는 없는 것 같아요. 자기 감상과 자기 즐거움 이런 것에 대해 표현한 글을 선생님이 빨간 펜으로 막 그어버리면 다시 글을 쓰고 싶은 생각이 안 드는 것이죠.
— 『말하다』, 김영하 지음, 문학동네, 2015

함께 쓰기 모임은 서로가 서로에게 장점을 발견해주는 선생님이 되는 자리와도 같다. 서로의 글에 점수를 매기는 자리가 아니라 생각을 공유하는 것이다. 그러니 글쓰기에 두려움이 있는 사람이라면 비판에 대한 아무런 걱정 없이 글을 써야 하고, 글쓰기에 자신이 있는 사람은 관점을 공유한다는 측면에 집중하여 타인의 생각을 잘 관찰해야만 한다.

이런 과정을 통해 참석자들은 다른 사람이 영화를 어떻게 받아들였는가에 대해 좀 더 넓게 포용할 수 있게 된다. 그와 더불어 칭찬을 받는 사람도 자신의 안목이 인정받는 듯한 느낌을 받게 된다. 이는 다음 모임에서 자신만의 관점으로 또 한번 도전하고 싶은 마음이 들게 한다.

칭찬에는 두 가지 효과가 있다. 첫째, 칭찬은 글쓴이의 마음을 더욱 잘 이해하게 한다. 둘째, 칭찬은 내 관점을 표현하는 데 있어 두려움을 완화시킨다. 그런데 이렇게 칭찬의 효과를 제대로 즐기기 위해서는 참석자들이 적극적으로 서로를 칭찬해야 한다. 다른 이의 글을 재단하려는 마음으로 칭찬에 소극적인 태도를 보이면 서로에게 어색한 결과만 초래하고 만다. 그런 어색함은 글쓴이에게 '역시 내 글이 이상했던 거야'라는 마음을 불러일으켜 의기소침하게 하고, 함께 쓰기로 형성된 동질감을 와해시킨다.

어떻게 하면 칭찬을 잘할 수 있을까? 먼저 다른 사람이 어떤 마음으로 썼을지를 상상해야 한다. 글은 내면을 표현하는 행위다. 한 편의 영화 리뷰에는 한 사람의 생각과 마음이 담겨 있다. 설령 글솜씨가 아직 부족해 표현하는 데 서툴다 하더라도 그 사람의 내면은 분명히 글 안에 담겨 있다. 그러니 글 안에 표현된, 혹은 거기에 숨은 글쓴이의 마음을 상상해보아야 한다.

> 그런데 영화가 진행될수록 뭔가 이상하다. 그녀는 사람이 아니라 컴퓨터 안에 사는 인공지능 운영체제다. 게다가 모든 사랑을 (마음이든 몸이든) 대화로 나눈다. (그런데 왜 청소년 관람불가지?)(최한별)

최한별 씨는 영화 〈그녀〉를 보고서 그 영화에 대한 자신의 첫인상을 이렇게 전했다. 영화를 보며 의문이 생겼고, 그 의문을 리뷰에 적었다. 영화 〈그녀〉는 사람과 컴퓨터 운영체제의 사랑 이야기를 그린다. 한별 씨는 사람과 컴퓨터 운영체제의 이상한 사랑에 놀라움을 표현하는 한편, 몸이 없는 운영체제의 사랑 이야기인데 왜 영화가 청소년 관람불가를 받아야 했는지 묻는다. 조금은 사소해 보이는 질문이다. 하지만 칭찬은 이런 부분에서 시작된다. 한별 씨만의 독특한 감상이기 때문이다. 아마도 한별 씨는 인간과 운영체제의 사랑에서 기이한 느낌을 받았을 것이다. 이는 대부분의 사람이 〈그녀〉를 보며 떠올리는 보편적인 감상이기도 하다. 한별 씨는 이런 보편적 감상을 자신만의 목소리로 표현했다. 영화가 왜 청소년 관람불가인 지 물으며 영화 속 사랑이 얼마나 기이한지 드러내는 것이다. 이렇 듯 한별 씨의 의문이 어떻게 나오게 되었는지를 상상해보면 칭찬은 쉬워진다.

칭찬을 위해서는 여러 칭찬 포인트를 알아두는 것이 좋다. 함께 쓰기를 하다 보면 꼭 줄거리 정리나 등장인물 성격 묘사에 강점을 보이는 사람이 있다. 그런 사람들의 글은 칭찬하기 수월하다. "줄거 리 정리가 깔끔하게 되어 있어 머릿속에서 정리가 잘 된다" "인물 묘사가 탁월해서 머릿속에서 그 사람의 모습이 선명하게 그려졌다" 와 같이 칭찬을 하면 된다. 나와 다른 생각을 보여준 사람의 글에는 그 사람의 신선한 시각을 중심으로 칭찬을 할 수 있다. 내가 미처 글 로 적지 못했거나 생각지 못한 부분을 두고 칭찬할 수도 있다. 독특 하거나 재미난 표현을 두고 칭찬하기도 한다. 글을 읽으며 흥미로웠 던 표현에 밑줄을 그어놓고서 칭찬을 하면 더욱 좋다.

칭찬은 글쓰기 실력을 높이는 데 도움이 된다. 다른 사람이 쓴 글 의 장점을 찾다 보면 좋은 글의 조건을 자연스럽게 습득할 수 있다. 단점을 보완하는 글쓰기보다 장점을 강화하는 글쓰기를 지향하면 서 글쓰기에 재미를 붙이기에 좋다.

다른 분의 리뷰를 읽으며 구체적으로 칭찬을 하다 보면 어떤 글이 좋은지 알게 되요. 명확한 주제 의식, 진정성, 좋은 구성, 읽을거리, 신선한 시각과 같은 것을 눈에 익힐 수 있어요. 앞으로 글 쓸 때 많이 참고할 부분들이에요.(박현진)

칭찬을 나누다 보면 글을 쓴다는 행위에 자부심이 생기고 글쓰기에 자신감이 붙는다. 찾으려고 노력하면 앞서 언급한 것 이외에도 다른 칭찬 포인트를 발견할 수 있다. 중요한 것은 글쓴이의 생각과 마음에 집중하며 그것을 받아들이겠다는 마음이다.

관점을 세우고 나누는 영화 리뷰 모임

'개취', '취존'이란 말이 유행이다. 개인 취향과 취향 존중의 줄임말이다. 이 말은 언뜻 서로에게는 각자의 개성이 있으며, 그 개성을 존중하며 살자는 의미로 들린다. 참 좋은 말이다. 하지만 이 말의 이면에는 우리의 또 다른 마음이 숨어 있다. 바로 소통 부재 상태에서 나타나는 자기 방어 심리가 깔려 있다. 소통이 단절되어 나의 위치에 대한 불안을 느끼고, 취향이란 말로 자신의 판단을 간단히 방어하려 한다. 이런 심리 때문에 내가 좋아하는 무언가에 누군가 좋지 않은 말을 하면 기분이 상하고 만다. 그래서 '취향 존중'은 본래 그 말의 긍정적 의미를 잃고 어떤 대상을 향한 다른 이의 비판을 완전히 거부하려는 선언으로 바뀌고 만다.

다른 이에게 함부로 휘둘리지 않으면서도 건강하게 취향을 향유하기 위해 우리는 서로의 이야기를 나누어야 한다. 각자의 관심이 어디에 있는지 나눔으로써 취향이라는 이름으로 견고하게 보호되고 있는 자아를 들여다 보아야 한다. 그럼으로써 자아를 확장해 타인을 이해할 폭을 넓혀야 한다. 함께 쓰기는 바로 그런 기회를 제공한다. 함께 쓰기로 우리는 서로의 관점을 나눈다. 10명이 영화 리뷰를 써오면 10개의 다른 취향과 다른 관점을 엿볼 수 있다. 이 덕분에 우리는 마치 한 편의 영화를 다른 관점에서 여러 번 본 듯한 기분을 만끽한다.

영화를 보고 자신의 관점을 세우려면 어떻게 해야 할까? 관점을 세운다는 것은 글의 주제를 구성하는 일이다. 영화 리뷰의 주제를 구성하는 방식은 크게 두 가지로 나눌 수 있다. 연역적 방식과 귀납적 방식이다. 연역적 방식은 영화에서 찾은 메시지를 먼저 간략한 문장으로 정리한 다음 그것을 뒷받침할 영화의 요소를 찾는 것이다. 귀납적 방식은 먼저 영화에서 인상 깊었던 장면들을 정리한 다음, 영화의 메시지를 뽑아내는 것이다. 연역적 방식은 영화를 관통하는 메시지에서 출발하기 때문에 좀 더 폭넓은 공감을 얻을 수 있다. 이와 달리 귀납적 방식은 글쓴이가 특별하게 '꽂힌' 부분에서 출발하기에 글쓴이의 개성을 살릴 수 있는 글을 쓰게 한다.

영화 〈베테랑〉을 연역적 방식으로 글을 쓴다면, '재벌의 부조리'를 주제 키워드로 뽑은 다음 영화의 장면들로 키워드를 뒷받침하면 된다. 조태오의 악행과 조태오의 아버지가 보여주는 치졸한 행태를 묘사하면서 재벌이 얼마나 말도 안 되는 짓을 벌이는지 주장하며 글을 채우는 것이다. 이때 현실에서 일어나는 재벌의 상황을 예로 들어도 좋다.

귀납적 방식으로 글을 쓰는 것은 연역적 방식보다는 조금 더 복잡하다. 우선 자신의 마음을 건드린 장면을 골라야 한다. '사단칠정'이란 말이 있듯이 우리에게는 어떤 사물과 사건을 만나면서 생기는 자연스러운 감정들이 있다. 기쁨, 노여움, 슬픔, 두려움, 사랑, 미움, 욕망과 같은 것들이다. 리뷰의 주제는 바로 여기서 출발한다.

영화 〈베테랑〉에서는 경찰들의 발차기가 실패하는 모습이 반복해서 나온다. 우스꽝스러우면서도 이상한 모습이다. 우리는 이를 보고 그저 관객을 웃기기 위해 감독이 넣은 장면으로 판단할 수 있다. 별다른 의미 없이 잠시 스쳐 지나가는 우스운 장면으로 보아도 상관없다. 하지만 이 모습이 반복되었다는 사실은 이 장면을 쉽사리 지나치지 못하게 한다.

영화 후반부에 나오는 또 다른 장면은 발차기 실패 장면에 또다른 느낌을 부여한다. 서도철 형사가 조태오를 잡기 위해 오 팀장과 함께 광역수사대 총경의 사무실에 간다. 이때 총경은 광역수사대가 다칠 수 있으니 조태오 수사에 손을 떼라 말한다. 하지만 서도철은 포기할 수 없다고 버티고 총경은 작전 중에 입은 자신의 예전 상처를 꺼내며 고집 피우는 서도철에게 뭐라 하듯 얘기한다. 서도철은 이에 맞서 자신의 상처를 꺼내 보인다. 옆에 있던 오 팀장도 끼어들어 자신의 상처를 보인다.

실패한 발차기, 작전 중에 입은 상처들, 이 모든 것을 자랑스럽게 얘기하며 우스꽝스러움을 만들어내는 형사들. 경찰들의 고군분투는 '정의를 지키기가 쉽지 않다'는 사실을 환기시킨다. 우리는 지금 영화 리뷰의 관점, 글의 프레임을 찾은 것이다. 경찰들은 정의를 지키다 얻은 자신의 상처를 자랑스럽게 생각하지만, 조태오와 같은 무리는 경찰과 일반 시민에게 자랑스러운 상처가 아니라 수치스러운 상처를 남긴다. 영화 〈베테랑〉은 바로 자랑스러운 상처를 남길 것인가 수치스러운 상처를 남길 것인가를 두고 벌이는 싸움이다.

이러한 프레임으로 전체 리뷰를 구성하면 된다. 각 장면을 예로 들어 정의를 지키는 자들과 수치스러운 상처를 남기는 자들을 비교하면서 〈베테랑〉이 어떠한 영화인지 차근히 그려나가는 것이다. 더 필요한 부분이 있으면 또 다른 장면을 예로 들어 영화를 설명해나가면 된다. 정의를 위해 싸우는 자들의 수고로움을 먼저 묘사한 뒤 굴욕을 안기는 자들의 악랄함을 묘사하고, 이러한 싸움이 벌어지는 곳이 영화 〈베테랑〉임을 명시한다. 그 다음 영화가 이런 싸움을 통해 얻으려 하는 가치를 하나씩 풀어나간다. 그것을 위한 예도 영화 속 장면에서 찾을 수 있다. 서도철 형사의 명대사 "우리가 돈이 없지 가오가 없냐", "쪽팔리게 살지 맙시다"라는 말과 조태오의 어처구니없는 말 "어이가 없네"와 같은 말을 활용하면 된다. 그 말들을 통해 모멸을 강요하는 권력 앞에서도 우리가 지켜야 할 것은 무엇인지, 우리가 해야 할 말을 자기네들이 선취해버리는 권력이 얼마나 치졸한지를 지목하는 것이다.

이렇게 관점을 중심으로 글을 풀어 가면 글에 자신의 개성을 실을 수 있다. 그럼으로써 줄거리 나열과 같은 간편한 방법과 "재밌었다" "통쾌했다"는 단순한 감상을 넘을 수 있다. 각자의 개성, 취향, 관점을 공유하며 인식의 지평을 넓혀나가는 것이다.

어떻게 쓰더라도 솔직한 감상과 시각만 있다면 우리는 생각을 공유할 지점을 찾을 수 있다. 서로의 세상을 나누는 즐거움을 찾아야 한다. 관점을 중심으로 글 쓰는 것은 함께 쓰기에서 더 큰 만족을 얻기 위한 시도라 생각하면 된다. 조금 어렵게 느껴지고 어색하더라도 누구나 충분히 해볼 수 있는 시도다.

> 전 제가 영화를 충분히 체화하고 이해를 해야만 글을 쓸 수 있다는 압박에 시달리고 있었어요. 하지만 다른 분들의 다양한 시각을 보면서 자유를 얻었어요. 어차피 사람마다 생각이 다르니까 근거가 있다면 내 나름대로 어떠한 해석을 해도 괜찮다는 생각이 들었던 거예요. 내 생각에 확신이 없더라도 표현함으로써, 생각을 나누고 그런 뒤 마음이 정말 편해졌어요.(정소연)

정소연 씨는 글을 통해 자기 관점을 세우려고 노력했고 그것의 수준과 질을 떠나 표현해봄으로써 한결 편안해진 기분을 느꼈다고 밝혔다. 이는 곧 글을 더 쓰고 싶다는 마음으로 이어졌다. 글을 쓰는 것이 더는 두렵지 않은 것이다. 이런 관점 쓰기가 잘된 글을 한번 살펴보자.

> 영화 초반 리건의 대기실에는 "모든 것은 타인의 판단이 아닌 그 자체로 빛난다"는 말이 걸려 있다. 버드맨 환각에 시달리는 리건은 이

말을 되새기며 환각에서 벗어나려고 노력한다. 그는 자신이 직접 각색한 연극을 통해 이 말을 실현시키려 노력한다. 하지만 그럴수록 그는 수렁에 빠진다. 그뿐만이 아니다. 연극의 배우들 역시 이런 상태를 오고 가며 갈등한다. 예술가에게 온전히 예술로 승부하는 일이 가능한 것일까? 순수한 문학, 순수한 예술이 가능한 것일까? 영화는 리건처럼 환각을 통해 예술의 본질에 다가서는 것은 불가능하다는 것을 보여준다. 그럼으로써 인정 욕구라는 인간 본연의 본능에 다가가야 한다고 말한다.(강린)

강린 씨는 이 글을 통해 영화 〈버드맨〉에 나오는 문구와 주인공의 행동, 예술가의 고민을 연결 지었다. 그럼으로써 예술의 본질과 인정 욕구가 맺는 관계를 들여다보았다. 영화에 나타난 인정 욕구를 단순하게 받아들이지 않고 그것을 영화 내적 요소와 연결하여 자신만의 관점을 만들어낸 것이다. 또 다른 글을 살펴보자.

버드맨은 리건의 내면 안에 도사리고 있다가 그가 혼자일 때 불쑥 나타난다. 그러고선 시궁창에서 벗어나라고, 버드맨으로 돌아가라고 자꾸만 이야기한다. 마지막 프리뷰 직전, 내면의 소리에 겁을 먹은 리건은 공연을 돌연 포기하려고 한다. 실패를 예감하는 위축된 자의식이 자신을 갉아먹는 삶. 바로 우리에게도 적용될 수 있는 이야기다. 이처럼 감독이 선택한 롱테이크는 우리의 실제 삶을 낱낱이 폭로하는 데 큰 역할을 담당한다. 있는 그대로를 보여주는 듯하지만

사실 영화 곳곳에는 디테일이 촘촘히 박혀 있다.(김윤지)

김윤지 씨는 〈버드맨〉에서 주인공 리건이 공연을 포기하는 모습과 영화의 형식적 특성, 그리고 여기에 우리의 삶을 잇는다. 영화의 한 장면을 통해 영화의 전체 특성이 지니는 의미를 짚어내고, 우리 삶까지 성찰하려고 시도하는 것이다.

이렇게 관점이 세워지면 한 편의 영화를 자신의 개성에 따라 재구성할 수 있다. 글쓴이는 이를 통해 자신의 내면을 표현할 수 있다. 이것이 바로 각자의 마음과 생각을 공유하는 것이며, 소통 단절이 만든 불안한 자아를 극복하는 길이다. 또한 이것이 영화 리뷰 함께 쓰기의 가장 큰 즐거움이다. 우리는 함께 쓰기를 통해 자아를 튼튼하게 뿌리내리면서도 타인을 보듬는 포용의 가치를 배운다.

8장

논리적 글쓰기의 시작, 요약 글쓰기

윤서윤

요약의
장점은 뭘까?

　　학습모임 '요약 글쓰기'는 한달 동안 매일 하나의 칼럼을 읽고 요약한다. 네이버 카페로 진행되기에 언제, 어디서든 접속이 가능하다. 한 사안에 대한 문제점과 개선 방안을 정리한 글이 칼럼이다. 이를 매일 요약하며, 누군가의 격려로 '할 수 있다'는 자신감을 얻고, 참여하는 동료의 요약을 보며 자극받기도 한다.

　　요약을 통해 얻을 수 있는 것은 무엇일까? 참여자의 목적에 따라 다르지만, 크게 글의 요지 파악, 배경지식, 요약 방법에 대한 정보 공유라 할 수 있다. 나 또한, 1년간 요약을 하면서 칼럼 필사도 함께 했다. 글 전개 방식, 문장 구성, 단어 사용에 대한 공부를 했다. 칼럼을 요약하기 전에는 서평에도 '재미있었다'라는 말밖에 늘어놓을 줄 몰랐는데, 이제는 단락별로 키워드를 정리해 풀어 쓸 수 있게 됐다. 배경지식이 늘었기 때문이다. 예전엔 뉴스를 보며 답답함만 느꼈지만, 이제는 한 사안에 대해 여러 각도로 생각해볼 수 있게 됐다.

『유시민의 글쓰기 특강』은 요약의 장점를 다음과 같이 정리한다.

> 요약은 텍스트를 읽고 핵심을 추려 논리적으로 압축하는 과정이다.
> 텍스트를 이해하고 문장을 만들 능력만 있으면 누구나 다 할 수 있
> 다. 독해력과 문장 구사력 그리고 요약 능력은 서로를 북돋운다. 독
> 해력이 좋을수록 요약은 더 잘할 수 있다. 요약을 전제로 텍스트를
> 읽으면 독해력을 기르는 데 큰 도움이 된다. 요약을 열심히 하면 저
> 절로 문장 구사 능력이 발전한다.
> ─『유시민의 글쓰기 특강』, 유시민 지음, 생각의길, 2015

요약은 남의 이야기를 귀 기울여 듣는 것과 유사하다. 상대방이
왜 저런 이야기를 하는지 이해할 수 없으면, 자기 생각에 빠질 수 있
다. '나랑 다른 의견이네. 저 말은 틀린 거야.'라는 판단부터 앞선다
면 글 요약이 쉽지 않다. '나'에서 벗어나야 글의 핵심을 빠르게 짚
어낼 수 있다.

회원 중 보정 씨가 대표적인 예라 할 수 있다. 그는 칼럼 단상에
대부분 "공감할 수 없다, 정보만 담았으면 좋겠다, 이런 글이 좋은
글일까"라고 했다. 정보만 얻으려 했기 때문이다. 주제 파악도 어려
워했다. 이처럼 글과 자신의 관점이 다르면, 소재의 중요성을 느끼
더라도 맥락은 파악하기 어렵다.

글에서 가장 중요한 것과 덜 중요한 것을 구분해 연결하는 것은
요약의 시작이다. 유시민이 말한 핵심이기도 하다.

정혜 씨는 "단번에 읽고 단번에 요약해내는 능력이 없어서, 매일 1시간은 나를 위해 투자한다"고 했다. 그녀는 칼럼 내용을 깊이 있게 공부하기 위해 자료 조사와 직접 체험을 한다. 일본 메이지대 문학부 교수인 사이토 다카시는 『1분 감각』(위즈덤하우스, 2011)에서 이렇게 말한다.

"세상에 무리해서 끝까지 책을 읽고도 그 내용을 다른 사람에게 설명하지 못하는 사람이 많다. 그것은 출력을 전제로 입력하지 않았기 때문이다. 그런 방식이라면 아무리 입력해도 좀처럼 몸에 익지 않을 것이다. 출력을 하려면 입력과 동시에 가공해야 한다."

요약은 출력을 전제로 입력하는 연습이 된다. 처음에는 "필자가 무슨 말을 하는지 모르겠어요, 글이 너무 산만해요, 제가 파악한 게 맞나요?"라며 어려움을 호소한다. 최선을 다해 칼럼을 읽었음에도 내용을 받아들이지 못한다. 글 속에 담긴 문제의식에 공감하지 못했거나, 그의 관심사가 아닐 수도 있다. 이럴 경우, 요약 또한 대체로 산만해진다. 내용의 중복, 단어의 반복이 잦다. 그러나 30일간의 요약 글쓰기가 끝나면 이런 이들도 "내가 놓친 부분이 무엇인지 알겠다" "평소 관심 없던 사회문제에 관심을 갖게 됐다" "지속적으로 신문을 읽겠다"고 한다.

논리적 글쓰기의 첫걸음인 텍스트 요약은 혼자보다 여럿이 해야 효과가 있다. 자기 글을 자연스레 남에게 보여주게 되기 때문이다. 남에게 평가받는 것이 싫어서 혼자 움켜쥐고 있으면 글이 늘지 않는다.

함께한다고 반드시 누군가의 평가를 받는다는 생각을 할 필요는 없다. 타인의 글을 보며, 자신의 문제점을 스스로 발견하기도 한다. 가독성과 내용도 빠르게 좋아진다.

- 같은 글을 읽는 것만으로도 큰 힘이 됐다.(6기 송영은)
- 고작 A4 한두 장의 글을 읽고 요약과 단상을 5줄 내외로 쓰는 일은 생각보다 쉽지 않았다. 그래도 같이 하는 사람이 있고, 격려해 주는 선생님이 있어서 할 만했다.(2기 이정순)
- 어떤 칼럼은 주제문을 찾고, 요약하는 데 머리를 지끈거리게 하기도 했지만, 고민의 시간만큼 칼럼을 보는 제 눈높이도 조금 올라갔다고 생각합니다.(8기 김혜숙)

30일간 매일 요약을 한다는 게 쉽지 않은 일임엔 틀림없다. 하지만 해냈다는 해방감과 글로 대화를 나눌 수 있다는 점에선 만족도가 높다. 그들의 가장 숙제는 '논리'였다. 필자의 주장에 대한 근거를 긴밀하게 쓸때, 설득력은 높아진다. 타인의 글을 온전히 이해했을 때 제3자를 설득할 수 있다. 함께 읽고 요약하는 과정이 준 가장 큰 소득이다.

신문 칼럼과
요약의 효과

신문을 구성하는 요소는 크게 기사, 만화, 사진, 광고로 나눌 수 있다. 다수가 접하는 부분은 기사다. 기사는 스트레이트 기사, 기획 기사, 오피니언, 칼럼, 사설, 인터뷰 등으로 구성된다. 스트레이트 기사는 육하원칙에 따라 쓴 글이다. 사설은 신문사의 정치적 성향을 반영해 칼럼보다 공격적으로 보일 수 있다. 칼럼은 외부 필진과 논설위원이 각자 맡은 분야의 글을 쓴다.

칼럼은 '우아한 기사'라고 불리기도 한다. 보도 기사를 포함해 배경지식, 서술 방식 등 필자의 다양한 능력을 요구하기 때문이다. 1,000~1,500자 내에 필자의 논지를 펼치는 글이기에 시의성, 전문성을 갖춰야 대중의 관심을 받을 수 있다. 어떤 이들은 칼럼의 필진을 보고 신문을 선택하기도 한다. 칼럼은 논지가 분명하고, 독자와의 공감대 형성이 우선인 글이다. 사회의 문제점을 보다 분명하게 파악할 수 있다는 장점도 있다.

요약 학습 모임은 매일 하나의 칼럼을 선정해 이를 주제, 키워드, 요약, 단상 네 가지로 정리한다. 요약에도 단계가 있다. 먼저, 주제를 찾고, 이에 관한 키워드를 뽑는다. 이를 자연스럽게 연결하면 요약 글이 된다. 단계별 정리법이다.

진행자가 샘플 칼럼을 올리면 참여자는 그날 안에 그에 대한 요약을 제출해야 한다. 당일에 사정이 생기면, 게시판에 글을 남기거나 카카오톡 그룹 창에 사정을 공유해 시간을 연장하기도 한다. 시간이 지나도 글이 올라오지 않는 경우도 있다. '어떻게'에서 막히거나 컴퓨터 사용이 어려워 올리지 못하는 경우도 있다.

반면, 단상 쓰기는 쉬운데 요약을 힘들어하는 경우도 있다. 내 글이 아니기에 무엇을 중심으로 써야 하는지 모를 수 있다. 보다 객관적으로 혹은 정답이 있을 것 같다는 생각에 쉽게 도전하지 못한다. 진행자에게 요약 샘플을 달라고 하기도 한다. 그럴 때는 "스스로 이해한 만큼 적어보세요. 어떤 요약이든 괜찮습니다."라고 마음을 편하게 해줄 필요가 있다.

온라인으로 진행되는 모임이다 보니 연령, 지역, 직업 등이 다양하다. 참여 이유 중 가장 많이 꼽는 키워드는 '독해력' '표현력' 등이다. '제대로 된 글쓰기를 하고 싶다'거나 '책을 잘 읽고 싶어서'라는 이유도 있었다. 이 밖에도 '평소 접하지 않는 분야의 글을 읽고 싶다'거나, '배경지식을 쌓기 위해서' 참여하는 이들도 있었다. 이중 평소 신문을 읽는 이는 거의 없었다.

사람이 생각하는 동물임에도 그 생각에 한계가 있다는 것을 우리는 어떻게 알 수 있었을까. 그것은, 태어났을 때 없던 생각이 지금 어떻게 내 생각이 되었는지 생각하는 사람이 많지 않다는 것으로도 알 수 있다. 더욱이 스피노자가 강조했듯 사람은 이미 형성한 의식을 고집하는 경향이 있다. 나 또한 지금 갖고 있는 생각을 고집하고 쉽게 버리지 않는다. 그렇기 때문에 우리는 더욱이 물어야 한다. 내가 지금 갖고 있는 생각이 어떻게 내 것이 되었나, 라고.

—『생각의 좌표』, 홍세화 지음, 한겨레출판, 2009

『생각의 좌표』의 저자 홍세화는 18세기 프랑스의 교육철학자 콩도르세의 말을 빌려와 사람을 '생각하는 사람'과 '믿는 사람'으로 나눈다. 이를 "내 생각은 어떻게 내 것이 되었나?"라고 물을 줄 아는 사람과 그렇지 않은 사람으로 바꿔 말할 수 있을 것이다. 그는 폭넓은 독서를 바탕으로 토론과 직접 견문, 성찰을 통해 주제적으로 의식 세계를 형성할 수 있다고 말한다. 요약이나 단상 쓰는 걸 어려워하는 사람 또한, 주입식 교육으로 익힌 배경지식을 잊어버렸거나, 질문에 어떻게 대답해야 하는지 모르는 경우가 많은 건 아니었을까?

칼럼은 배경지식을 쌓는 데 도움이 된다. 또한, 매체를 통해 스쳐 지나가던 기사들이 연결돼 완성된 글로 보게 되니, 공부가 된다. 시사 배경을 자연스레 익힐 수 있다.

칼럼에도 한계는 있다. 배경 설명이나 필자가 주장하는 비율이 고르지 않거나, 사용한 예시의 상징성 때문에 주장을 파악하기 어려울 때도 있다. 신변잡기 글도 있다. 하루에도 수십 개의 칼럼이 쏟아지는데 이 중에서 좋은 글만 읽는다는 건 어려운 일이다. 칼럼을 고를 때 주의해야 할 부분이다.

함께 공부한 두 사람의 사례를 보자.

남편을 따라 해외로 유학을 간 은선 씨는 20대 후반의 주부로, 요약 모임에 2회 연속 참여 중이다. 그녀의 요약은 주장을 먼저 쓰고 그 이유를 덧붙이는 형식으로 이루어져 있다. 참여자들은 "내가 무엇을 놓치고 있는지 일깨워 주는 글"이라 칭찬한다. 은선 씨는 아침엔 책을 읽고 점심엔 육아에 전념한 후, 저녁에는 칼럼 요약과 일기를 쓴다. 그동안의 독서와 일기 쓰기가 그녀의 요약을 돋보이게 만든 요인인 듯하다. 그녀 역시 칼럼 요약 모임에 매우 만족했다. "하루에 1시간은 온전히 내 시간"이라며, 육아에 지친 자신을 일깨워주는 시간으로 사용한다고 말한다. 그녀는 단상에 주로 자신의 감정을 담는다. 어떤 점이 불편했는지, 필자의 의견에 왜 공감했는지, 왜 공감할 수 없는지부터 시작한다. 자신에 대해 끊임없이 관찰하는 것이다. 덕분에 타인에 대한 이해도가 높아졌으며, 사회 현상에 대해 보다 객관적인 시각을 갖게 되었다고 한다. 칼럼을 통해 사회 문제를 역사적인 관점에서 생각해볼 수 있었고, 한국 사회를 보다 객관적으로 볼 수 있었다고 했다.

소정 씨는 직장에 다니며 학업을 병행한다. 학창 시절에 못했던 공부를 다시 하는데, 한계를 느껴 요약에 참여했다고 밝혔다. 그녀는 처음 접해보는 주제와 매일 바뀌는 문체가 익숙하지 않아 힘들어했지만, 자신의 글을 보다 객관적으로 전달할 수 있게 되어 스스로 성장한 느낌이 든다고 말한다. 그동안 좋은 책이 있어도 그저 "좋았다"는 단순한 표현밖에 하지 못했던 그녀는 모임을 통해 주제를 선정하고, 키워드를 뽑아 자연스럽게 잇는 연습을 했다. 읽은 책이나 글에 대해 보다 면밀히 살펴보는 능력을 키웠다. 이후, 독서토론 과정에 참여해 공부를 이어간다. 요약 습관 덕분에 책과 자신의 이야기를 적절히 섞을 수 있어 타인에게 신뢰를 얻을 수 있었다고 말한다.

신문 칼럼 요약 노하우

요약이란 '골라 추리는 것', '필요한 부분을 가려 뽑아내는 것'으로, 필자의 입장이 되어 전달하려는 바가 무엇인지 정확하게 파악해야 한다. 칼럼을 읽으면서 키워드를 뽑고, 주장을 찾아내면서 글의 골자를 추축한다. 옳다고 판단되면 글을 적어보며, 확인한다. 아니다 싶으면 다시 글을 읽는다. 혹은 제3자에게 전달한다는 심정으로 글을 읽는 것도 방법이다. 하지만 이때 '나'의 생각 혹은 감정이 들어가기도 한다. 요약문에 개인의 감정이 들어간다면 정확하게 간추린 글이라고 할 수 있을까? 요약과 단상의 경계가 모호해지는 지점이다.

이 두 가지를 모두 충족시키기 위해 온라인 30일 요약 모임은 요약과 단상을 함께 쓴다. 객관성과 주관성을 함께 확인할 수 있으며, 문장력도 좋아진다. 소재를 골라서 추리고 연결시킬 때 나만의 언어로 전환되어 이어지기 때문이다. 이를 지속적으로 연습하면 표현력도 좋아진다. 또한 필자가 사용하는 단어보다 좋은 말을 찾기도 한다.

칼럼은 시의성과 시사성을 동시에 갖춘 글이다. 더욱이 짧은 글에 필자의 생각을 정확하게 전달하기 위해 효과적인 단어를 주로 사용한다. 칼럼은 필자에 따라 전개 방식은 다르지만, 대개 전투적인 '강성' 글이거나 부드럽게 권하는 '연성' 글로 나눌 수 있다. 두 방식 모두 시의성에서는 벗어나지 않기에 칼럼만 열심히 읽어도 어느새 사회학자가 된 기분이 들기도 한다. 물론 자극적인 기사가 가득해 신문 읽기를 꺼리는 사람들도 많다. 신문만 읽으면 사회 전체를 바꿔야 할 것 같은데, 어디부터 어떻게 해야 하나라는 무력감을 느끼는 이들도 적지 않다.

시사성이란 당시 일어난 여러 가지 사회적 사건을 내포하고 있는 시대적 성격 및 사회적 성격을 뜻한다. 그렇기에 필자들은 좋은 일만 다룰 수는 없다. 오피니언 필진들은 사회의 문제점을 집중적으로 조명한다.

칼럼은 기승전결의 구조가 뚜렷하다. 몇몇 칼럼은 대안까지 제시하기도 한다. 어디까지 받아들일지는 독자의 판단에 맡길 수밖에 없다. 실제 칼럼을 통해 요약 방법에 대해 자세히 알아보자.

편의점

최초의 편의점은 얼음공장에서 탄생했다. 대공황 직전의 최고 번영기였던 1927년 미국 댈러스의 제빙회사 사우스랜드. 이곳 종업원이

얼음을 활용해 신선한 우유와 달걀 등을 팔기 시작하면서 편의점이
라는 새 업종이 생겨났다. 냉장기술의 발전이 사람들의 생활 패턴을
바꾼 것이다. 애초 영업시간은 일반 소매점이 문을 닫는 저녁 7시부
터 11시까지였다. '세븐일레븐'이라는 이름이 여기에서 나왔다. 24
시간 체제로 바뀐 것은 한참 뒤였다.

편의점이란 글자 그대로 고객의 편의를 위해 늦게까지 문을 여는
소매점이다. 언제(편리한 시간) 어디서나(가까운 장소) 간편하고(생
필품) 쉽게(공과금 수납, 현금지급기) 이용할 수 있는 게 장점이다. 효
율성과 예측 가능성까지 갖췄다. 소비자와 판매자가 서로의 목적을
최대한 빠르고 편리하게 해결한다는 점에서 근대 합리주의의 산물
이라 할 수 있다.

우리나라에는 1989년에 들어왔다. 동화산업이 사우스랜드와 제
휴해 서울 올림픽선수촌에 세븐일레븐을 개점했다. 이후 여러 회사
가 뛰어들면서 2002년 5,000개를 넘었고 2010년 2만 개, 지난해 3
만 개에 육박했다. 인구 대비 편의점 밀도는 세계 최고다.

국내 총 매출 규모는 지난해 15조 원을 넘어섰다. 편의점당 연평
균 매출은 4억3,000만 원 선. 올림픽공원 등 입지가 좋은 곳은 100
억 원을 넘기도 한다. 최근엔 도시락과 김밥, 즉석커피, 수입맥주까
지 '효자 상품'이 늘었다. 통신사와 제휴해 멤버십 카드 할인도 제공
하기 때문에 젊은 층의 활용도가 높다.

일본에서도 편의점 열기는 대단하다. 1인, 고령자 가구 증가로 저
가 대량 구매용 종합슈퍼 대신 소량 구매용 편의점이 급성장하고 있

다. 그 바람에 동네 슈퍼마켓들은 내리막길을 걷고 있다. 엊그제 일본 최대 유통업체 이온그룹이 350개 종합슈퍼를 리모델링해 차별화한 점포로 바꾸겠다고 발표한 것도 이 때문이다. 우리나라 역시 동네 슈퍼가 연 3,000개씩 폐업하고, 그 자리를 편의점이 메우고 있다.

편의점 시대의 그늘도 있다. 갈 곳 없는 은퇴자들이 너도나도 몰리면서 경쟁은 더욱 치열해졌다. 같은 업체의 가맹점은 일정 거리를 두게 돼 있지만 업체가 다르면 바로 옆에 문을 열어도 어쩔 수 없다. 법적으로 규제할 방법도 없다. '본사만 웃고 가맹점은 운다'는 말이 그래서 나온다. 회사와 가맹점주, 소비자 모두의 '편의'를 만족시킬 방법은 없을까. 20세기 초 생활혁명을 불러온 냉장기술 같은 묘안은 정말 없는 걸까.

― 고두현 논설위원, 〈한국경제〉 2016년 1월 6일자 '천자칼럼' 중

함께 읽고 요약한 칼럼이다. '편의점'의 탄생 배경을 서술하며 시작한다. 이어 편의점의 목적, 우리나라 편의점 현황을 알려준다. 선진화된 일본과 우리나라 편의점 업계 비교를 통해 문제점을 지적한다. 필자는 편의점 탄생 배경처럼 '편의'를 만족시킬 방법을 함께 모색해보자며 글을 맺는다.

먼저, 칼럼의 키워드를 뽑아보자. 키워드는 3~5가지가 좋다.

칼럼 읽기에 참여한 사람들이 뽑은 키워드는 무엇일까? 편의점, 얼음공장, 생활혁명, 편리, 고객편의, 경쟁, 합리주의, 급성장, 규제, 그늘, 공생 공존, 묘안, 이 밖에도 가맹점주, 은퇴자 등을 꼽았다.

내가 뽑은 키워드들을 한 문장으로 압축해보는 것도 문장력을 높일 수 있는 방법이다. 아래 문장은 모임 회원들의 칼럼을 한 문장으로 요약해본 것이다.

- 20세기 초에 탄생해 생활혁명을 불러일으키며 급성장해온 편의점이 새로운 도전에 직면하고 있다.
- 급성장하고 있는 편의점 산업의 부작용을 해소할 묘안이 시급하다.
- 편의점은 효율성 및 편의성이 우수하여 기존의 슈퍼마켓을 제치고 그 수가 급증하고 있으나, 가맹점 간 과다 경쟁 등 사회적 부작용을 최소화할 방법도 함께 모색하여 사회에 제대로 정착할 수 있도록 해야 한다.
- 편의점의 명과 암, 회사와 가맹점주, 소비자 모두가 만족하면 좋겠다.

그 다음으로는 키워드를 중심으로 칼럼을 다섯 문장 내외로 간추려보자. 몇 개의 요약문을 통해 좋은 점과 보완해야 할 점을 찾아보자.

1927년 미국에서 시작되어 1989년 우리나라에 도입된 편의점은 시간, 장소 제약 없이 편리하게 생필품을 구입할 수 있는 새로운 업종이다. 우리나라에서는 변화하는 생활양식과 김밥, 즉석커피, 수입맥주 같은 취급 품목의 확대로 급성장하여 세계 최고의 인구 대비 편의점 밀도를 기록한다. 일본에서도 편의점 열기가 높고 1인, 고령자 가

구를 겨냥한 소량 구매용 편의점이 급성장하고 있다. 이러한 성장의
이면에는 편의점의 상권 장악으로 인한 동네 슈퍼의 폐업, 무분별한
점포 개설로 인한 과열 경쟁과 가맹주의 피해와 같은 그늘도 있다.

앞의 요약 글은 필자의 문제의식을 전달하려는 점이 돋보인다. 편
의점에 대한 간략한 소개와 편의점 현황을 보여주면서 편의점의 '그
늘'에 대해 알려준다. 이 글을 요약한 이는 편의점 탄생 배경을 생략
했다. 그렇다면 '1927년 미국에서 시작되어'라는 말이 필요할까? 이
구절을 삭제하고 시작한다면 우리나라의 편의점 상황을 보다 집중
적으로 조망하는 요약이 될 것이다. 문장 간 설명이 필요한 부분도
있다. 일본의 사례 때문이다. 이 문장 때문에 마지막 문장에 나타나
는 '편의점'에 대한 문제의식이 우리나라의 문제라는 것인지, 일본
의 문제라는 것인지 경계가 모호해진다.

편의점 점포수가 폭발적으로 증가하고 있다. 2002년 5,000개에서
작년 2015년에는 3만 개로 늘어났다고 한다. 편의점은 글자 그대로
고객의 편리를 위해 늦은 시간까지 문을 여는 소매점이다. 이용하기
간편해서 급성장 중이다. 일본에서도 편의점은 성업 중이다. 1인, 고
령자 가구가 늘어 이용하기 편리한 편의점이 갈수록 늘어나고 동네
슈퍼는 줄어들고 있다고 한다. 편의점 시대에 그늘이 있다. 경쟁이
너무 치열하다는 점이다. 바로 옆에 새 점포가 들어서도 회사가 다
르면 법적으로 규제할 방법이 없다. 그래서 '본사만 웃고 가맹점은

운다'는 우스갯소리가 나왔다. 본사, 가맹점, 소비 모두 공생할 수 있는 묘수는 없을까?

위의 요약문은 객관적인 데이터와 단문으로 편의점 점포 수의 증가를 보여준다. '폭발적', '치열'이라는 단어 때문인지 필자의 주장인지, 개인의 목소리인지 모호하다. 이런 단어를 줄인다면 객관적인 요약문이 될 수 있다. 또, '~라고 한다'라는 동사의 반복도 단조로움을 느끼게 한다. 이는 '내 말'이 아닌 '필자의 말'임을 강조하기 위함이었을지도 모른다. 하지만 '한다' 대신 '늘어났다'나 '있다'로 고치면 더 명확한 글이 될 것이다.

편의점은 1927년 미국의 한 제빙회사에서 냉장기술을 이용해 달걀이나 우유를 판매하면서 시작됐다. 이제는 언제 어디서나 간편하고 쉽게 이용할 수 있는 게 장점이다. 24시간 체제로 우리의 생활 패턴까지 바꿨다. 우리나라는 2015년 3만 개에 육박하면서 인구 대비 편의점 밀도는 세계 최고다. 갈 곳 없는 은퇴자들이 몰리면서 경쟁은 더욱 치열해졌지만 그에 따른 법적 규제는 없다. 회사와 가맹점주, 소비자의 모두의 '편의'를 만족시킬 방법은 없는 걸까.

앞의 글은 '편의점'의 역사부터 현재의 모습까지 담았다. 문제점까지 일목요연하게 요약했다. 어색한 부분이 없는 건 아니지만, 전달해야 할 내용만 골라 간추린 요약문이라 할 수 있다.

요약 코칭 시 중요한 건 참여자의 상황을 이해하는 것이다. 참여자의 요약은 퇴고가 전혀 이루어지지 않은 글이다. 시간에 쫓겨 요약을 하니 글이 어색할 수밖에 없다. 이때 진행자의 역할이 중요하다. 글쓴이가 왜 이 문장을 넣었는지 추리하면서 글을 해석한다. 이어 요약문이 자연스럽게 연결될 수 있도록 "이렇게 해보면 어떨까요?"라며 수정안을 제안한다. 그들의 상황을 고려하지 않는다면, '오타'나 사용 '단어'에만 집착할 수 있다.

작가 김영하는 그의 산문집 『말하다』에서 글쓰기에 대한 견해를 다음과 같이 밝힌다.

글을 쓴다는 것은 한 인간을 억압하는 모든 것으로부터 자기 자신을 지키는 마지막 수단입니다. 그래서 예로부터 압제자들은 글을 쓰는 사람을 두려워했습니다. 그들은 본질적으로 굴복을 거부하는 자들이니까요. 글쓰기는 우리 자신으로부터도 우리를 해방시킵니다. 왜냐하면 글을 쓰는 동안 우리 자신이 변하기 때문입니다. 글을 쓰기 전까지 몰랐던 것들, 외면했던 것들을 직면하게 됩니다.

— 『말하다』, 김영하 지음, 문학동네, 2015

이에 몇몇은 이 조건이 충족되려면 자신과 마주할 용기가 필요하다. 이런 측면에서 요약 모임은 '칼럼'이 자신과 대면할 마중물 역할을 해준다. 칼럼을 통해 이전까지 몰랐던 것들, 사회문제로만 남겨 됐던 부분을 직면하고, 정리하는 과정을 통해 나만의 언어로 가공하기 때문이다. 이것을 30일간 지속한다는 건 나에 대한 관찰과 더불어 사회에 대한 관찰을 하는 것이기도 하다.

30일 요약 모임은 매일 새로운 미션을 수행해야 한다. 하루라도 긴장을 놓는다면, '오늘의 할 일이 내일'로 미뤄진다. 하지만 30일간 꾸준히 해냈을 때 만족감이 무척 높다. 칼럼 요약의 만족도를 높이려면, 칼럼의 내용이 좋아야 하고, 참여자들의 태도와 코치의 역할이 잘 어우러져야 한다. 진행자는 칼럼을 선정하고, 참여자를 격려하는 두 가지를 동시에 해야 한다. 참여자들도 서로의 글을 보며 격려할 때 소속감이 높아지기 때문에 더 열심히 하려 한다.

한 가지 건의 사항이 있다면 칼럼에 대한 선생님만의 주제와, 키워드, 요약이 있었으면 해요. 물론 저희 요약이 다 끝난 후에요. 달아주신 댓글만으로도 이해는 가지만 제가 제대로 주제를 뽑았는지 키워드가 잘 맞았는지 헷갈릴 때가 많아서요. 다른 분들 것도 보긴 하지만요. 가끔은 정답이 들어 있는 답안지를 보고 싶은 마음이랄까요?(7기 이선영 씨)

많은 참여자들이 이처럼 모범답안을 요청하곤 한다. 이런 요청을 하는 이들의 마음은 이해가 간다. 그래서 '주제와 키워드를 미리 뽑아주면 어떨까?', '내가 참여자라면 모범답안을 제시하는 게 좋을까?'라는 고민을 한 적이 있다. 하지만 하루 이틀은 좋을 수 있으나, 이 상태가 지속된다면 그리 효과적이진 않으리라는 생각이 들었다. 학교 다닐 때처럼 선생님의 지도에 따라 요약하려 할 것이기 때문이다. 이처럼 진행자는 여러 상황에 대처하며 중심을 잡아줘야 한다. 이때 중요한 건 참여자의 위치 파악이다. 이를 여성학자 정희진은 책 읽기 방법으로 설명한다.

> 책을 읽는 방법은 크게 두 가지이다. 하나는 습득習得이고, 하나는 지도 그리기mapping이다. 전자는 말 그대로 책의 내용을 익히고 이해해서 필자의 주장을 취하는take 것이다. 별로 효율적이지 않다. 반면 후자는 책 내용을 익히는 데 초점이 있기보다는 읽고 있는 내용을 기존의 자기 지식에 배치trans/from 혹은 re/make하는 것이다. 습득은 객관적, 일방적, 수동적 작업인 반면에 배치는 주관적, 상호적, 갈등적이다. 자기만의 사유, 자기만의 인식에서 읽은 내용을 알맞은 곳에 놓으려면 책 내용 자체도 중요하지만 책의 위상과 저자의 입장을 이해하는 것이 핵심이다. 그러려면 기본적으로 사회와 인간을 이해하는 자기 입장이 있어야 하고, 자기 입장이 전체 지식 체계에서 어떤 자리에 있는가, 그리고 또 지금 이 책은 그 자리의 어디에서 나온 것인가를 파악해야 한다.
> — 『정희진처럼 읽기』, 정희진 지음, 교양인, 2015

참여자의 독해 수준을 높이려면 정보 나열식의 칼럼은 피하는 것도 좋다. 필자의 주장이 어떻게든 드러나야 하고, 그것으로 인해 독자 스스로 생각하게끔 여운을 남겨야 한다.

30일 요약 모임은 글을 보다 객관적으로 읽기 위한 연습의 장이다. 이 모임을 통해 회원들은 읽기 습관의 변화, 그리고 꾸준히 요약을 해냈다는 충만감을 맛볼 수 있다.

도전에 성공하면 이런 기분인가 보다. 내가 자랑스럽고 기특해서 맛있는 브런치를 혼자 먹었다. 30일간 사회, 정치, 경제, 문화 이렇게 다양한 분야에 대해 생각해보고 내 글로 표현해볼 수 있어서 좋았다. 어려울 때도 유쾌할 때도 있었는데 이젠 추억으로 남게 됐다. 요약 모임으로 제 생각을 정리하고 제 자신을 돌아볼 수 있어 감사했어요.(1기 박정원)

인문, 정치, 교육, 문화, 과학, 경제 등 다양한 분야의 칼럼을 읽으면서 몰랐던 사실을 많이 알게 되었어요. 몰랐던 걸 알게 되니 주위에 조금 더 관심을 가지게 됩니다. 가령 어제 칼럼에서 올해는 광복 70주년이 아니라 67주년이 되는 해라고 말했는데요. 오늘따라 '광복 70주년'이라는 단어가 왜 이렇게 자주 눈에 띄던지… 평소라면 모르고 지나쳤을 텐데, 칼럼 요약의 힘입니다! 더불어 다른 사람들의 생각을 읽을 수 있는 시간이었어요. 평소엔 특정 주제에 대해 다른 사람의 생각을 들을 기회, 자기 생각을 말할 수 있는 기회가 잘 없죠. 그래서 모두 다 자기 생각에만 빠지게 되는 것 같아요. 칼럼뿐만 아니라 관련 기사를 찾아 읽고, 같이 학습하는 사람들의 단상을 읽으면서 잃었던 '주변에 대한 관심'을 찾아가는 느낌이었습니다.
(3기 김지영)

제가 한 번도 관심을 두지 않았던 분야의 글들이나 익숙하지 않은 스타일의 글을 만날 때면 힘들었습니다. 못하지는 않을 거라 생각했었는데, 그렇지도 않더군요. 단순해 보이지만 요약에도 '한 방'이 있다는 걸 가르쳐주신 분도 계셨고, 단상에서 깊은 사유를 보여주신 분도 계셨고 많이 배울 수 있었습니다.(1기 이영애)

'함께한다'라는 말에는 '함께 배우겠다'라는 의미가 담겨 있다. 나만의 것을 고집하지 않고, 어떤 것을 어떻게 표현했는가, 내가 고려하지 않은 부분은 무엇인가에 대해 다른 사람 글을 통해 알아갈 수 있다. 지금 내가 겪고 있는 문제들이 현 사회에서 어떤 위치에 있는가? 나는 그것을 어떻게 바라보고 있고, 다른 사람은 어떻게 받아들이고 있는가를 확인한다. 정보들이 하나로 모아지고 재배치되며, 습득을 넘어서 개인의 지속적인 공부로 이어진다.

다른 글쓰기 모임과 달리, 다소 건조할 수 있는 요약 글쓰기. 각자의 시각을 주고 받으며 보다 넓은 시야로 세상을 보게 된다면, 소소한 재미도 찾을 수 있다. 몇 명이라도 좋으니 함께 읽고 요약해보면 어떨까. 크고 작은 미션을 수행하며, 서로를 이해하는 마중물을 만나보자.

9장

나를 돌아보고 치유하는,
내 삶을 글로 쓰기

김은영

당신이 하고 싶은 이야기는 무엇입니까?

사람들이 이야기를 좋아하는 이유는 그것이 때로 내 삶에 없는 것을 보완해주는 판타지가 되어주기 때문이고 보잘 것 없는 내 일생에 의미를 부여해주기 때문이다. 이야기가 갈등과 충돌을 풀어나가는 과정인 것처럼 나의 생애 역시 도무지 풀리지 않는 의문을 해결하는 시간이다.

— 『이야기의 힘』, EBS 다큐프라임 이야기의 힘 제작팀 지음, 황금물고기, 2011

사람들이 이야기를 좋아하는 것은 본능인지도 모른다. 살면서 부딪히는 일들로 힘들고 지쳐 있을 때, 우리는 책 속의 이야기든 다른 사람들의 삶의 이야기든 그 이야기를 통해 위로를 받고 힘을 얻는다. 그 이야기를 들으며 우리는 용기와 희망을 얻고 삶이 변화되는 경우도 있다.

'나도 저런 경험이 있었지' '그래, 저 상황에서는 정말 속상하지'

다른 사람들의 인생 이야기를 들으며 공감을 하고 울고 웃으며 속이 후련해지는 것도 느낀다. 또 어려운 상황에서도 꿈을 잃지 않고 꿋꿋하게 자신의 삶을 산 사람의 이야기를 들으며 감동을 받기도 하고 희망을 갖기도 한다. 이렇게 진실이 담긴 이야기는 사람들의 마음을 움직이고, 이야기를 통해 서로 소통이 되면서 사람은 변화하게 된다.

한 단계 더 나아가 '어쩜 저렇게 재미있게 글을 썼을까?' 하고 그들의 이야기에 공감하는 데 그치지 않고, 자신이 직접 글을 써보고 싶어지기도 한다. 사람들은 이야기를 듣는 것도 좋아하지만 표현하고 싶어 하는 욕구가 있기 때문에 자신의 이야기를 쓰려고 한다. 처음부터 자신을 드러내는 글을 쓰는 게 어렵다면 자기 주변 이야기에서 시작하여 자신의 이야기를 써보자.

자기 삶의 무대에 자신이 아닌 다른 사람이 서 있다면, 그리고 주변 상황에 얽매인 낯선 자신이 서 있다면, 자기의 삶을 살고 있는 것이 아니다. 스스로를 잃어가고 있는 것이다. 이런 상황이 반복되면 자신이 누구인지 잊게 된다. 내 인생의 무대에 나를 세워보자. 누군가의 조연이 아니라 내 무대의 주인공으로 살아가려면 어떻게 해야 할까? 어떻게 하면 잃어버린 나를 찾을 수 있을까?

나는 어떤 사람인지, 내가 하고 싶은 것은 무엇인지, 내 삶을 제대로 살고 있는지 알고 싶다면, 글쓰기를 추천한다. 글쓰기를 하면 스스로에게 던진 질문의 답을 찾아가며 자신의 새로운 모습을 발견하게 될 것이다. 글쓰기는 과거의 나와 현재의 나를 떠올리며 자신을 알아가고 깨달아가는 과정이다. 자신의 이야기를 그냥 흘려보내지 말고 기록으로 남겨보자. 자신의 삶을 돌아보는 글에서 자신의 삶의 이야기를 읽을 수 있다. 글쓰기로 삶의 변화를 겪었다는 사람들의 말은 우연이 아니다.

글쓰기 모임에 참여하고 있는 이정미 씨는 "예전에 글을 써본 적은 없고 여기 와서 처음 글 쓰는 것을 배웠어요. 라디오에 사연을 보내서 공짜로 양문형 냉장고를 타고 싶어 글을 쓰기 시작했어요"라고 글을 쓰게 된 동기를 말했다. 아직 라디오에 사연을 보내지는 못했지만 꾸준히 글을 써서 작은 책자에 글이 실리게 되었다. 또 다른 회원 강민정 씨는 "처음에는 모임에 어린아이를 안고 참여했어요. 7년 전에는 어떻게 그런 용기가 났는지."라며 과거를 떠올린다. 그녀는 꾸준히 글을 쓴 결과 〈오마이뉴스〉 기자로 활동하게 되었고 글을 연재할 정도로 실력이 발전했다. 이제는 글쓰기 모임 선생님이 되어 초보자들을 이끌고 있다.

이들도 처음에는 글을 써본 적이 없는 평범한 주부들이었다. 그런데 어떻게 책자에 글이 실리고 〈오마이뉴스〉 기자까지 하게 된 것일까? 무슨 글을 썼던 것일까?

그들의 글은 특별하지 않다. 자신의 주변 이야기를 썼을 뿐이다. 생각은 말로 표현할 수 있지만 글을 쓰는 것은 엄두가 안 난다고 하는 사람들이 의외로 많다. 또 누군가에게 보여주는 글쓰기는 두렵다고 말한다. 글을 쓰고 싶어 하는 사람은 의외로 많지만 실제로 글을 쓰려고 행동으로 직접 옮기는 사람은 드물다. 글을 쓴다는 것은 타고나는 것이지 아무나 할 수 있는 일이 아니라고 생각하기 때문이다. 글을 쓰고 배우는 것은 작가를 목표로 하는 사람들이나 하는 일로 생각한다. 평범한 사람과는 거리가 먼 일이라고 생각한다. 하지만 꼭 그럴까?

글쓰기란 무엇인가? 경험한 것, 느낀 것을 글로 옮기는 것이 글쓰기이다. 상상력을 발휘해서 글을 짓는 것이 아니라 머릿속에 맴돌고 있는 생각이나 하고 싶은 말을 글로 쓰는 것이다. 있는 사실을 쓰는 것이다. "나도 글을 쓸 수 있을까요?" 하고 움츠려들 필요가 없다. 읽고 쓸 수 있다면 누구나 할 수 있다.

머릿속에 떠도는 이야기는 기록하지 않으면 사라져버린다. 그 이야기들이 증발해버리지 않도록, 생명력을 가질 수 있도록 불씨를 살려내자. 기억 속의 이야기들을 살려내보자. 우리는 어렸을 때부터 많은 이야기를 들으며 자랐고 성장하면서 스스로 삶의 이야기를 만들어낸다. 삶 속에 새로운 이야기가 만들어지면 새로운 삶이 시작된다. 이처럼 이야기는 삶과 함께 계속 살아 움직인다. 새로운 이야기를 만들어내는 것은 물론 어려운 일이지만, 한걸음만 내디뎌보자.

무엇을 말하고 싶어 글을 쓰는 것이 아니라 말할 것이 생겼기 때문에 쓴다. ㅡ F. 스콧 피츠제럴드

나의 삶에서
이야깃거리 찾기

　　글을 쓰고 싶은데 대체 무슨 내용을 써야 할지 모르겠다고 말하는 사람들이 많다. '매일 반복되는 지루한 생활일 뿐 글로 쓸 재미있는 일이 주변에 없는데 무슨 이야기를 써야 하는 걸까?' 생전처음 글을 쓸 때 드는 마음이다.

　글을 쓰려면 글을 쓰기 위한 재료, 즉 글감이 필요하다. 글을 써본 경험이 없는 사람에게는 글감이라는 말이 생소할 수 있다. 글감이란 글을 쓰기 위한 소재이다. 옷을 만들려면 옷감이 필요하듯 글을 쓰기 위해서는 글감이 필요하다. 글을 쓰기 위해 제일 먼저 필요한 것이 글감인데 글감만 잘 찾는다면 글쓰기는 생각보다 어렵지 않다. 그러면 글감은 어떻게 찾아야 하는 걸까?

　가만히 하루 10분이라도 조용히 앉아 관찰을 해보자. 가족들을 관찰할 수도 있고, 주변 사람들이나 사물들을 관찰할 수도 있다. 하루 일과를 되돌아보며 글감을 찾을 수도 있다. '오늘 무슨 일이 있었

지? 직장에서 무슨 일이 있었더라? 아이들과 무슨 이야기를 했지?'
글감은 어떤 특별한 곳을 다녀오거나 책을 읽은 경우에만 찾을 수
있는 것이 아니다. 우리 일상생활에서도 얼마든지 찾을 수 있다.

　자신이 제일 잘 아는 경험을 써보자. 나만이 경험한 이야기는 쓰
기 쉽고 자연스럽게 써내려갈 수 있다. 문법도 안 맞고 문맥이 이상
하더라도 신경 쓰지 말고 글을 써보자. 글쓴이의 감정이 전달되게
쓰는 게 더 중요하다. 한 번 글감을 찾아 글을 써본 경험이 있다면
그 뒤부터는 글쓰기가 수월해진다.

　글감을 찾는 방법을 알았으니 말로 표현하던 자신의 생각을, 자기
삶의 살아 있는 이야기를 글로 표현하면 된다. 그러나 사람들은 말
보다 글로 표현하는 것을 어려워 한다. 왜 그럴까? 있는 그대로 쓰
지 않고 꾸며서 쓰려고 하기 때문은 아닐까? 어렵다기보다는 단지
편하지 않고 익숙하지 않은 건 아닐까? 처음 글을 쓰는 사람들이 참
고하면 좋을 몇 가지 사항에 대해 알아보자.

　첫째, 대화체로 글을 쓰자. 대화체로 된 글은 살아 있는 느낌이 나
고 읽는 사람도 재미있고 따분하지 않다. 대화체 글이 잘 안 써지는
사람은 타인을 관찰하는 시간을 가져보는 것도 방법이다. 타인의 행
동을 관찰하고 타인의 말에 귀 기울이면 대화체 글을 쓰기 쉽다.

　둘째, 잘 쓰려고 하지 말고 솔직하게 쓰자. 남이 어떻게 볼까 고민
하지 말고 편안하게 쓰는 것이다. 남에게 보여주기 위해 칭찬을 듣
기 위해 글을 쓴다면 글쓰기는 어렵다. 글쓰기가 힘든 이유는 내 생
각이나 내 마음속에 있는 말을 그대로 쓰지 않고 남을 의식해서 잘

쓰려고 하기 때문이다.

셋째, 사건을 구체적으로 쓰자. 구체적으로 쓰지 않으면 글을 읽는 사람들이 이해하고 공감하기 어렵다. 그 상황을 알지 못하는 사람도 알 수 있도록 구체적으로 써야 한다. 나만 아는 상황에 혼자 흥분된 감정만 표현하려 하지 말고 읽는 사람이 무슨 이야기인지 알수 있게 읽는 이의 속도에 맞춰 글을 써야 한다.

넷째, 간단명료하게 쓰자. 구체적으로 섬세하게 글을 쓴다는 것이너무 지나치게 설명하는 글이 되는 경우가 있다. 읽는 이가 모를 것이라고 생각해서 자세하게 설명해준 것이 상상의 여지를 빼앗는 경우가 되는 것이다. 읽는 이의 호기심을 자극하고 스스로 생각해볼수 있는 여백이 있는 글을 쓰자.

다섯째, 매일 몇 줄씩 자기 생각을 글로 쓰자. 메모에 불과하지만이것들에 살을 붙이면 글의 모습을 갖출 수 있다. 글쓰기는 타고나는 것이 아니라 습관에 의해 만들어진다.

여섯째, 이야기하듯 써 내려가자. 말로 할 것을 글로 옮겨 적어본다. 처음에는 이상한 문장도 수정을 하면 매끄러워져서 훌륭한 글로재탄생된다.

처음부터 글을 잘 쓰는 사람은 없다. 잘 쓰려고 하지 말고 내가 하고 싶은 이야기를 솔직하게 쓰면 된다. 글 쓰는 것을 대단한 것이라고 생각하지 말자. 글쓰기는 우리의 일상이다. 흔히 하는 말이 있다. 내 삶을 글로 쓰면 책 한 권은 될 것이라고, 내 삶은 눈물 없이는 들을 수 없다고. 우리 삶 속에 글의 소재가 있다.

작가들은 한목소리로 말한다. 글을 잘 쓰려면 많이 써보는 게 중요하고, 두려움을 내려놓고 꾸준히 쓰라고. 소설가 김연수도 매일 조금씩 연습하면 누구나 글을 잘 쓸 수 있다고 했다. 또 글 쓰는 재능은 타고나야 한다고 생각해 글쓰기를 포기하는 사람들이 너무나 많다고 아쉬워했다. 꾸준히 쓰는 것만이 글쓰기의 비결이다.

꾸준히 글을 쓰기 위해서는 혼자보다 함께 글을 쓰는 모임을 찾아가보자. 글쓰기를 배울 수 있는 곳이 우리 주변에 의외로 많다. 집근처 도서관이나 주민자치센터, 지역 주민들과 함께 운영하고 있는 작은 도서관 등 가까운 마을 공동체를 알아보는 것도 방법이다. 각 지역의 글쓰기 모임도 있으니 적극적으로 문을 두드려보자.

어느 글쓰기 모임은 1년에 한 번씩 회원들의 글을 모아 작은 신문이나 문집을 만든다. 회원들끼리만 나누어 가지는 것이지만, 자신의 책이 출판된 것처럼 그 감동은 대단하다. 회원들의 마음속에는 작가라는 작은 씨앗이 심어지는 순간이다. 또 다른 글쓰기 모임은 출판사를 운영하고 있어서 매달 소책자를 만들어 회원들의 글과 각 지역 글쓰기 모임의 좋은 글들을 싣는다. 이 책은 사람들이 유료로 구입하기 때문에 글이 실린 일반인들은 작가가 된 기쁨을 맛볼 수 있다.

사람들은 글 쓰는 게 어렵다고 말한다. 그러나 글을 쓰고 싶은 열망과 절박한 마음이 생기면 자연스럽게 글쓰기가 행동으로 옮겨진다. 처음부터 글을 잘 쓰는 사람은 없다. 처음부터 완벽하게 쓰려는 마음을 내려놓는다면 글을 쓰는 두려움이 줄어들 것이다. 글을 쓴 후의 기쁨을 느껴봤다면 글을 쓴다는 것이 특별한 것이 아니라는 것을 알게 될 것이다. 평범한 사람들이 두려움 없이 글을 쓸 수 있기를, 편안하게 여기며 글을 쓸 수 있기를 바란다.

이야기하기 위해 살다

　　우리들은 수많은 이야기를 나누며 산다. 옆에 있는 누군가와 대화를 나누고자 하지만, 현실에는 대화 상대가 그리 많지 않다. 그럴 경우 우리 안에는 이야기가 쌓이게 된다. 사람은 대개 그 이야기를 풀고 싶어 하는 욕구가 있는데, 마땅히 풀 수 있는 방법이 없다. 숭례문학당에는 '이야기하기 위해 살다'(일명 이야기 모임)라는 모임이 있는데, 자기 안의 이야기를 글로 풀어낼 수 있는 모임이다. 하고 싶은 이야기, 가슴속에 쌓여 있는 이야기를 마음껏 글로 풀어 스트레스도 해소하고 글쓰기도 성장시키는 것이 모임의 목적이다.

　　이 모임의 가장 큰 특징은 형식에 구애받지 않고 자유롭게 글을 쓰는 것이다. 형식이 정해져 있지 않기 때문에 처음 글쓰기를 시작하는 사람도 편안하게 이 모임을 즐길 수 있다. 한 달에 한 번 모이는 모임으로 글쓰기 초보자들이 부담 없이 규칙적으로 글을 쓰는 습관을 키우기에 적절하다. A4 1매에 자유로운 형식으로 글을 써와

서 낭독하고 회원들의 아낌없는 칭찬을 듣는다. 모임의 구성원은 대부분이 직장인으로 기혼자, 미혼자, 전업주부, 프리랜서 등 다양한 직업의 여성 10명과 남성 3명으로 구성되어 있다.

그중 박종현 씨는 가족 이야기와 연애 이야기를 소설 느낌으로 써 온다. 글로 여자친구에게 프러포즈를 했다는 그는 모임을 위해 휴가까지 내서 서울에 올라온다. 모임에 참석하지 못하는 날에는 채팅방에 글을 올리는 대단한 열정의 소유자다. 많은 이야기를 가슴에 품고 있는 그는 앞으로 소설 쓰기에 도전하고 싶다고 말한다.

박은미 씨는 워킹맘으로 직장과 가정, 첫사랑 이야기를 재미있게 잘 풀어낸다. 그녀는 속풀이 글 전문이라는 말을 들을 정도로 가슴속에 품고만 있었던 자신의 이야기를 9개월 동안 변함없이 쓰고 있다. 그러나 어느 누구도 그녀의 글이 따분하다고 생각하지 않는다. 그녀의 글이야말로 평범한 우리들의 이야기이기 때문이다.

정은정 씨는 칭찬의 대가이다. 낭독이 끝나면 남들 칭찬하기 바쁘다. 모든 사람의 글을 듣고 하나하나 칭찬을 한다. 남들의 장점을 잘 찾는 그녀는 자신의 글쓰기에 그 장점들을 접목하여 나날이 글솜씨가 발전하고 있다.

강석일 씨는 글을 처음 써봤다고 한다. 처음에는 다른 사람의 사적인 글을 보고 이런 이야기를 써도 되는지 놀랐다고 했다. 여자들이 상대적으로 많아 어색해하고 긴장하던 그는 점점 칭찬에 익숙해지고 편안해하면서 끝없이 자신의 이야기를 쓰고 있다. 모두가 그의 섬세한 묘사에 놀라워하며 묘사 글쓰기에 재능이 있다고 칭찬한다.

이제는 이 모임에 활력을 주는 역할까지 하고 있는 그는 나이 들어 취미로 할 수 있을 것 같다며 글쓰기의 매력에 빠져들고 있다.

이야기 모임은 다른 사람들에게 잘 드러내지 않았던 자신의 이야기를 풀어놓으면서 점점 친밀해졌고 모임이 끝나고 귀가하는 차 속에서도 카톡방 대화는 계속 된다. "오늘 글이 참 좋았다. 나도 같은 고민이다. 다음에는 ○○ 님 글 형식을 따라 해보고 싶다"는 등의 대화가 이어진다. 그렇게 쌓인 친밀감은 글쓰기 모임 외의 사적인 모임으로 이어지면서 신뢰가 생기고 서로의 연결고리를 강하게 만들었다. 낯선 사람들의 사적인 글들을 읽으면서 서로의 삶을 알게 되었고, 더 이상 타인의 이야기가 아닌 내 이야기로 각자의 삶에 영향을 주게 되었다.

모임에 참여하고 1년 정도 지난 지금 사람들에게 변화가 생겼다. 처음에는 칭찬하고 칭찬을 듣는 것에 익숙하지 않아 서로가 어색했던 회원들. 다른 사람들의 글을 읽고 칭찬할 말을 찾지 못하던 그들이 타인의 글과 이야기에 귀를 기울이며 칭찬하는 것을 배웠다. 칭찬이 익숙하지 않던 사람들은 이제 서로 칭찬을 하느라 바쁘다. 이 모임을 통해 칭찬하는 것이 습관이 되면서 긍정적인 사고, 여유로운 마음까지 얻어 일상생활에서도 칭찬이 절로 나오게 되었다.

또한 그들의 글에도 변화가 생겼다. 회원들은 다양한 글을 읽으며 새로운 형식의 글을 쓰고 싶다는 욕심을 가지기 시작했다. 시를 써 온 사람, 단편소설을 써 온 사람, 동화를 써 온 사람들을 보면서 '나도 한 번 저런 글을 써볼까?' 하는 생각을 하게 되었다. 자기 얘기를 쓰기 어려워했던 사람들은 자기 마음속 이야기를 풀어내기도 한다. 자기 하소연을 쓰던 사람들도 자신을 찾아가는 변화된 글을 쓴다.

처음에는 A4용지 1매를 어떻게 채울까 고민이 많았던 사람들도 이제는 쓸 공간이 부족하다고 느낀다. 하고 싶은 이야기가 넘쳐나 글자 크기를 줄여서 써오기도 한다. 듣는 사람은 '얼마나 하고 싶은 이야기가 많으면 저렇게 많이 써왔을까' 하며 글쓴이의 마음을 헤아리며 묵묵히 듣는다. 회원들은 서로 이해하고 공감해준다. 이제 글 쓰는 게 어렵지 않고 뭔가를 쓰고 싶어 안달 난 사람들이 되었다. 풀어놓을 곳이 없던 이야기들이 한자리에 모여 사람들을 통해 다시 살아 움직인다.

직업도 환경도 글 쓰는 목적도 다르지만 글쓰기는 이제 참여자들의 삶의 일부가 되었다. 대부분의 사람들은 소통을 위해 대화를 나눈다. 그러나 이야기 모임의 사람들은 글로 다른 사람과 소통하며 위로받는다. 누군가를 붙잡고 하소연할 필요가 없다. 내 이야기를 들어달라고 상대를 붙잡고 애걸복걸할 필요가 없다. 이야기 모임을 통해 글은 성장하고 세상과도 소통하고 있다. 이야기 모임은 자신과 타인의 결점에 너그러우면서 서로를 온전한 인격체로 받아들이는 신뢰의 공동체라 할 수 있다. 아낌없는 칭찬으로 춤을 추기만 하는 것이 아니라 회원 한 사람 한 사람이 변화를 일으키고 있다.

지금 우리에게 필요한 것은 안전한 관계다. 나를 있는 그대로 받아들여주는 사람들, 억지로 나를 증명할 필요가 없는 공간이다. 내가 못난 모습을 드러낸다 해도 수치스럽지 않고, 다른 사람들이 그것을 가지고 뒷담화를 하지 않으리라고 믿을 수 있는 신뢰의 공동체가 절실하다. 그를 위해서는 자신과 타인의 결점에 너그러우면서 서로를 온전한 인격체로 승인하는 마음이 있어야 한다.

— 『모멸감』, 김찬호 지음, 문학과지성사, 2014

나와 너의 글로
치유되다

　　내가 쓴 글은 곧 나다. 내 글을 읽는 사람들은 내가 말하고 있는 것을 들어주는 것이다. 동병상련의 마음으로 같이 기뻐하고 슬퍼하고 안타까워하는 마음이 서로에게 전달된다. 울고 웃고 속상해하는 이들의 말을 들으면서 공감받았다는 기분이 들고, 그 안에서 소통되었다는 느낌도 받는다. 소통과 친밀감을 느끼면서 자신을 숨김없이 드러내는 글을 쓰게 된다.

　　'이야기하기 위해 살다' 모임에 참여해 함께 글을 쓰면서 삶에 변화를 경험한 몇 사람들의 이야기를 들어보자.

　　먼저, 20대 김지아 씨는 예전엔 늘 의기소침해 있거나, 남의 눈을 쳐다보면서는 말도 못했다고 한다. '내가 말을 하면 사람들이 어떻게 생각할까?'를 끊임없이 걱정하다 보니, 입 밖으로 말을 내뱉는 것조차 어려웠다. 내뱉는 말마저도 더듬거리며 앞뒤가 맞지 않아 자존감이 낮았다고 한다. 그런데 숭례문학당 학습 모임을 통해 자신감을 회복하게 되었고, 더 나아가 글쓰기 모임에도 참여했다.

"제 삶을 돌아보는 글을 계속 쓰다 보니 내가 생각보다 엉망진창은 아니란 걸 알게 되었고, 내 안의 좋은 점들을 들여다볼 수 있었어요. 단점들을 분석하다 보니 제 성격을 있는 그대로 받아들이게 되었죠. 지금은 제 모습 있는 그대로를 사랑해요. 글로 남들 앞에서 당당하게 말할 수 있게 되어 삶에 자신감이 부쩍 늘었어요. 이젠 다른 사람들에게도 저의 긍정적인 기운을 나눠주고 있답니다."

또 다른 회원인 30대 직장인 지영아 씨는 정확한 계산을 중요시하는 숫자 업무만 하다가 기획안을 쓰게 되면서 어려움을 느껴 이 모임을 신청했다. 첫 모임에서 그녀는 수줍어하며 조용히 자신의 글을 읽었다. 사무적이며 딱딱한 느낌의 글이었다.

"보고서, 기획안 쓰기의 감을 익히려고 왔는데 이야기 모임을 하면서 형식을 갖춘 진지한 글을 쓰기 시작했어요. 글을 써야 하니 나에 대해 계속 생각하고 관찰하게 되고 삶도 생각도 정리되었어요. 전에는 고집도 세고, 혼자만의 견고한 세계를 만들어놓고 이를 잘 깨지 않는 사람이었어요. 삶의 경험도 풍부하지 않으니 공감 능력도 없었고요. 글을 쓰면서 다른 생각, 삶, 느낌을 알아가고 다른 사람을 공감하는 걸 배웠어요. 예전에는 커다란 덩어리인 하나의 틀만 가지고 있었다면, 이젠 덩어리를 잘게 쪼개서 보는 능력과, 여러 개의 덩어리를 왔다 갔다 할 수 있는 유연성을 갖추게 된 것 같아요. 최근에 글이 많이 부드러워졌다는 말을 들어 기분이 정말 좋아요."

말 없이 조용하게 수동적으로 참여했던 그녀는 글도 성격도 가장 많이 변화한 사람 중 한 명이다. 말하는 것을 별로 좋아하지 않았던 그녀가 '이야기 모임'을 계기로 다른 모임에도 적극적으로 참여하며, 지금은 모임들을 주도적으로 이끌어나가고 있다.

마지막으로 40대 가장인 강석일 씨는 소개를 받고 우연히 시작하게 되었는데, 낯선 이들의 솔직한 자기고백의 글에 충격을 받았다고 한다. 타인의 진솔한 이야기를 듣고 있는 것이 해서는 안 될 행동을 하고 있는 듯한, 몰래 타인을 엿보고 있는 것 같아 불안했다는 그의 말에서 처음 '이야기 모임'에 참여했을 때 얼마나 불편했는지를 짐작할 수 있다. 그 불편함을 이겨낸 그는 자신의 변화에 대해 이렇게 말한다.

"내 나이 또래의 남성들에게 변화라는 것은 참 낯설고 무감각해 아직은 물음표라고 할 수밖에 없을 것 같다. 이 모임은 내 이야기를 무형식으로 써나가면서 자연스럽게 글쓰기의 첫걸음을 떼는 데 정말 큰 힘이 되었다. 어느 정도는 편하게 글이라는 것을 쓸 수 있으니 말이다. 각자 자신이 쓴 글을 낭독하고, 칭찬으로 함께 마무리하는 것이 글쓰기에 대한 두려움을 없애주었고, 생각보다 높고, 위압적인, 그 거대한 벽을 허물고 지속할 수 있도록 해주는 원동력이 되어 주었다."

1년 동안 꾸준히 이야기 모임에서 글을 써온 사람들은 자신의 이야기를 쓰고 나니 스트레스가 해소된 것인지 자신만의 이야기에서 벗어나 다른 이야기를 쓰는 사람들이 늘었다. 직장, 시댁, 남편 이야기를 쓰면서 자신을 돌아보고, 자신에게만 집중했던 시선으로 남들을 보게 되었다. 다른 사람들의 글을 읽으면서 다른 사람들의 생각도 들여다볼 수 있게 되었고, 같은 상황에 대처하는 방법의 다양성, 지혜로움, 삶을 보는 여유로움 등 깨달음도 얻었다. 혼자 글을 썼다면 결코 얻을 수 없었을 것들이다.

60대 후반의 한 여성은 글쓰기 강좌를 들은 후 자신의 이야기를 글로 풀어쓰면서 결혼 생활 내내 상처받았던 삶이 치유되었다며 눈물을 흘리기도 했고, 육아에 지치고 가족과 의사소통이 안 되어 우울해하던 주부는 글을 쓰면서 마음이 치유되어 가족 관계가 좋아졌다고 고백하기도 했다. 그들은 글을 쓰면서 자신을 제대로 들여다보게 되었고 자신의 삶에 대해 말하면서 스스로의 존재를 깨달았다. 사람들과의 관계에서 자기 안의 가능성을 발견하고 존재감을 인정받음으로써 상처가 치유된 것이다. 다른 사람이 없는 자신만의 닫힌 세상 안에서 치유는 어렵다.

자신이 상처받고 피해의식이 있을 때는 자신의 문제에만 시선이 간다. 주변 사람들을 돌아볼 여유가 없다. 남을 의식 안 하는 것이 아니라, 스스로의 아픔만 생각하여 남을 의식할 줄 모르는 사람이 되는 것이다. 머릿속에 다른 사람을 집어넣을 공간이 없다. 그러나 글을 쓰기 시작하면서 조금씩 상처가 아무는 것을 느끼고, 주위를 둘러볼 줄 아는 자신을 발견한다. 남들에게 시선이 간다는 것은 자신 안에 여유가 찾아온 것이다.

동일시라는 말은 나를 확장해 당신과 연대한다는 의미이며, 당신이 누구와 혹은 무엇과 스스로를 동일시하느냐에 따라 당신의 정체성이 구축된다. 신체적 고통이 자아의 신체적 경계를 정하는 것이라면, 이러한 동일시에는 애정 어린 관심과 지지를 통해 더 큰 자아라는 지도의 경계선을 정하는 것이라고 할 수 있다.

—『멀고도 가까운』, 리베카 솔닛 지음, 김현우 옮김, 반비, 2016

이처럼 함께 글쓰기를 하면 서로의 고민을 공유할 수 있다. 글을 쓴다는 것은 이야기를 나눌 사람을 찾는 일인지도 모른다. 다른 곳에서는 이해받지 못했지만 이 모임에서는 공감과 이해해주는 사람들이 있다. 모두가 겪는 흔한 이야기이지만 글쓴이는 그 안에서 상처가 치유되고 듣는 이는 간접경험을 하며 자신의 모습을 볼 수 있다. 책을 읽을 때 간접경험을 하는 것과 같은 맥락이다. 서로의 이야기에 귀 기울이며 자신에 대해 돌아보게 된다. 자신의 인생을 돌아보며 어떻게 살아야 하는지 스스로에게 질문을 던지며 자기를 가둔 틀에서 나오게 된다. 자기 생각에 갇힌 글에서 나오고 다른 사람들과 소통이 이루어진다.

나 역시 이야기 모임에 참여하면서 변화를 경험했다. 대화에 목말라 있던 생활에서 글로 대화하는 법을 알게 되었다. 대화 상대를 찾지 못하고 가슴속에 품고 있었던 이야기를 글로 쓰면서 마음이 안정되어갔고, 오랜 세월 반복했던 그 이야기에서 풀려났다. 이처럼 글쓰기로 상처가 치유되는 놀라운 경험을 한 뒤 사람들에게 마음속 응어리진 마음을 글로 써보라고 권한다. 마음도 편안해지고 자유로워진다고.

　이야기 모임 회원들의 친밀감이 두터워지면서 한 달에 한 번 글 쓰는 것 외에 함께 무엇인가를 하고 싶어 하는 마음이 늘었다. 서로 가 참여하고 있는 다른 학습 모임을 같이 하자고 권유했다. 같이 하 면 더 많은 것을 얻을 수 있다는 확신을 가졌던 것이다. 힘든 것도 즐겁게 해낼 수 있을 것이라는 믿음으로 지영아 씨가 '100일 글쓰 기'를 신청했다는 말을 듣고 회원의 반 정도인 6명이 함께 참여하 게 되었다. 욕심내지 않고 한 달에 한 번 모임에 참여하면서 글쓰기 가 편해진 사람들은 매일 글쓰기인 '100일 글쓰기'에 함께 도전하여 글쓰기의 즐거움과 고통을 함께 나눴다. 이 도전을 성공적으로 마친 사람들은 '왜 글을 쓰는가'를 스스로에게 물으며 진지한 글쓰기로 걸음을 옮기고 있다.

　시간이 흐르면서 공감과 격려, 칭찬을 받고 치유가 된 회원들은 이제 새로운 이야기를 만들어나가고 있다. '이야기하기 위해 살다' 2기 모임이 탄생하게 되었고, 회원들은 또 다른 사람들의 이야기를 들어주려고 한다. 자신의 이야기를 하기 바빴던 이들이 다른 사람들 의 이야기에 귀 기울이려 한다. "여러분이 하고 싶은 이야기는 무엇 입니까?" 하고 말을 건네며 사람들 속으로 걸어간다.

국립중앙도서관 출판예정도서목록(CIP)

이젠, 함께 쓰기다 / 지은이: 김민영, 김은영, 윤서윤, 최진
우, 한창욱. -- 서울 : 북바이북, 2016
  p. ; cm

ISBN 979-11-85400-37-2 03800 : ₩14000

글쓰기

802-KDC6
808-DDC23   CIP2016021308

이젠, 함께 쓰기다

2016년 9월 2일 1판 1쇄 인쇄
2016년 9월 12일 1판 1쇄 발행

지은이 —— 김민영 최진우 한창욱 김은영 윤서윤
펴낸이 —— 한기호
펴낸곳 —— 북바이북
       출판등록 2009년 5월 12일 제313-2009-100호
       121-839 서울시 마포구 동교로 12안길 14(서교동) 삼성빌딩 A동 2층
       전화 02-336-5675 팩스 02-337-5347
       이메일 kpm@kpm21.co.kr
       홈페이지 www.kpm21.co.kr

ISBN 979-11-85400-37-2 03800

북바이북은 한국출판마케팅연구소의 임프린트입니다.
책값은 뒤표지에 있습니다.